मिशन कच्छ : 1972

भारतीय होने पर गर्व है

विवेक कुमार पांडे शंभुनाथ

क्रम-सूची

प्रस्तावना

यह कहानी एक काल्पनिक है। यह कहानी कोई भी सच्ची घटनाओं पर आधारित नहीं है। इस किताब को लिखने के दौरान कोई भी धर्म या जाति एवम् किसी भी परिवार के सदस्य को नुक्सान नहीं पहुंचा या गया है। हम किसी भी समाज एवम् संस्कृति को ठेस नहीं पहुंचाना चाहते हैं। इस किताब को लिखे हैं विवेक कुमार पांडे शंभुनाथ जी ने। यह एक रचयिता कहानी है। हमने कोई भी इतिहास के साथ छेड़छाड़ नहीं किया गया है।

भूमिका

मेरा नाम विवेक कुमार पांडे है और मैं एक लेखक हु , में गुजरात के सुरत में निवास करता हूं.मेरा जन्म ३० सेप्टेंबर २००२ में हुआ था, और मुझे बचपन से एक्टर बनने का सोख रहा है और अभी भी है.। में कभी ये नहीं सोचता की लोग क्या कर रहे हैं में ये सोचता हूं कि में क्या कर रहा हूं, में आज सफल हूं तो अपने पापा की वजह से आज वो रहते तो उन्हें बहुत खुशी होती , वो सदा और हमेशा मेरे साथ रहेंगे.। मेरे रियल लाइफ के सुपरस्टार और सुपर हीरो मेरे प्यारे पापा है । आई लव यू पापा । पापा को मेरे हाथ कि चाय बहुत अच्छी लगती थी ।

1
मिशन कच्छ : 1972

लेखक श्री विवेक कुमार पांडे

मिशन कच्छ : 1972

- यह कहानी एक काल्पनिक है। यह कहानी कोई भी सच्ची घटनाओं पर आधारित नहीं है । इस किताब को लिखने के दौरान कोई भी धर्म या जाति एवम् किसी भी परिवार के सदस्य को नुक्सान नहीं पहुंचा या गया है। हम किसी भी समाज एवम् संस्कृति को ठेस नहीं पहुंचाना चाहते हैं । इस किताब को लिखे हैं विवेक कुमार पांडे शंभुनाथ जी ने। यह एक रचयिता कहानी है। हमने कोई भी इतिहास के साथ छेड़छाड़ नहीं किया गया है ।

- पात्र :

1. सचिन वर्मा (सैनिक)
2. मेजर गमित सिंह
3. मेजर ध्यानचंद
4. कर्नल भार्गव
5. लेफ्टिनेंट कर्नल विवेक कुमार पांडे (लेखक)
6. वीर अर्जुन (सैनिक)
7. इंदिरा गांधी (प्रधानमंत्री)
8. घनश्याम ओझा (मुख्यमंत्री)
9. ज़ुल्फ़िक़ार अली भुट्टो (पाकिस्तान का प्रधानमंत्री)

(वक़्त था 1972 का जब पाकिस्तान ने गुजरात के कच्छ में घुस कर करीब 70 से ज्यादा लोगों को बंदी बनाकर पाकिस्तान में लेकर आये । और जो जाने के लिए तैयार नहीं हो रहे थे । पाकिस्तानी उन्हें बेहरहमी से मार देते थे ।)

भारतीय नागरिक पाकिस्तानी सैनिकों से कहता है

भारतीय नागरिक : हमें कहा ले जा रहे हो । हमने तुम्हारा क्या बिगाड़ा है । जो हम सभी को मार रहे हो और बंदी बना रहे हो ।

पाकिस्तानी सैनिक : हम सभ तुम्हें स्वर्ग कि दुनिया में ले जा रहे हैं । जहां सिर्फ हम और तुम । हां हां हां हां

भारतीय नागरिक : लेकिन तुम ऐसा क्यों कर रहे हो । हमारे साथ । छोड़ दो हमें

पाकिस्तानी सैनिक : अच्छा मुझे ये बताओ तुम ने साहारा रेगिस्तान के बारे में तो सुना ही होगा ।

भारतीय नागरिक : हां सुना है ।

पाकिस्तानी सैनिक : उधर जाना पसंद करोगे ।

भारतीय नागरिक : क्यों ??

पाकिस्तानी सैनिक : तो हमें बता देना कि तुम्हरा लाश कौन से रेगिस्तान में और कौन जानवर के आगे डालना है । वैसे जानवर तो हम भी है जंगली नहीं है । तुम्हें पुरा नहीं खायेंगे आधा ही खायेंगे समझे ।

(करीब रात दो बजने वाले थे पाकिस्तानी सैनिकों ने भारतीय नागरिकों को बंदी बना लिया था । और गांव में जितने भी घर थे उन्हें तबाह कर दिया था । फिर वह सभी को लेके पाकिस्तान (कोहलु) कि तरफ र वाना हो रहें होते तभी भारतीय सैनिक उनके फाइटर जेट और एरोप्लेन पर हमला करना शुरू कर देते हैं । पाकिस्तानी सैनिक भी हमला करना शुरू कर देते हैं । पाकिस्तानी सैनिक उनके एयर बेस को तबाह कर देते हैं । और करीब 4 से 5 भारतीय सैनिक घायल हो जाते हैं । पाकिस्तानी अपना फाइटर जेट लेके र वाना हो जाते हैं ।)

(भारतीय सैनिकों को नहीं पता था कि उस फाइटर जेट में भारतीय नागरिक है। जो पाकिस्तानी सैनिक उन्हें बंदी बनाकर पाकिस्तान ले कर जा रहे थे और वही फाइटर जेट पर भारतीय सैनिक हमला कर रहे थे ।)

(भारतीय सैनिकों को यह बात कि खबर लग जाती है ,कि पाकिस्तानी सैनिकों ने कच्छ में हमला किया है । मेजर गमित सिंह ने सभी बटालियन के सैनिकों को उस जगह पर आने को कहते है । करीब रात के 4 बज रहे थे।)

मेजर गमित सिंह : मुझे यह बात कहते हुए बहुत ही दुःखी हो रहा है कि पाकिस्तानीयो ने हमारे कच्छ बेस पर हमला किया है । जिस में हमारे 5 सैनिक घायल हो गए हैं ।

(भारतीय सैनिकों से कर्नल भार्गव गुस्से से कहते हैं)

कर्नल भार्गव : लेकिन वह कैसे घुस गए , रडार से कुछ सिंगनल नहीं आया । तुम लोग क्या कर रहे थे ।

सचिन वर्मा : सर सिंगनल तो आया था । पर जब उन्होंने ने एयर बेस को तबाह कर दिया था तब ।

वीर अर्जुन : सर हमने उनके फाइटर जेट को तबाह करने कि कोशिश कि पर तबाह नहीं कर पाए । हमने कोशिश तो किया था सर पर नाकामयाब रहे ।

मेजर ध्यानचंद : सर हमें । गांव के लोगों से पुछना चाहिए । क्योंकि पाकिस्तानी सैनिकों ने गांव पर भी हमला किया था ।

कर्नल भार्गव : शर्म आनी चाहिए तुम सब के रहते हुए । उन्होंने ने इतना कुछ कर दिया और तुम्हें पता भी नहीं चला।

लेफ्टिनेंट कर्नल विवेक कुमार : हां सर हमें एक बार गांव के लोगों से पूछना चाहिए ।

कर्नल भार्गव : ठीक है चलो वैसे भी तुम लोग कर भी क्या सकते हो । मुझे तो अभी भी विश्वास नहीं हो रहा है कि तुम सबके मौजूदगी में ऐसा हो गया । चलो गांव के लोगों से पुछते है ।

(कच्छ के एयरबेस से 2 से 3 किलों मीटर दूर गांव था । सभी सैनिक गांव पहुंचकर गांव के नागरिकों से पूछते हैं । और सभी सैनिकों ने देखा कि वहां पर तो दो-तीन लाश पड़े हैं और पूरा गांव को तहस-नहस कर डाला था पाकिस्तानी सैनिकों ने । गांव के लोगों की संख्या भी कम दिख रही थी ।एक घायल पड़ा बूढ़ा व्यक्ति बेहोश पड़ा पानी पानी चिल्ला रहा था। सैनिक उन्हें उठाते हैं और पानी देते हैं और पुछते है क्या आप हमें बता सकते हैं कि यहां पर क्या हुआ था ।)

व्यक्ति : करीब रात के 1 : 30 बज रहे थे और मैं बाहर सोया था तभी मैंने बंदूकों की आवाज सुनी और जब देखा तो कुछ सैनिक एयरबेस पर हमला कर रहे थे और पाकिस्तानी सैनिकों ने पूरे गांव के लोगों को बंदी बनाकर पाकिस्तान लेकर गए हैं। जो नहीं जा रहे थे वह उन्हें बेहरहमी से मार देते थे ।

मेजर गमित सिंह : वह कितने लोग थे क्या बता सकते हैं अंदाजा ।

व्यक्ति : यह तो मैं नहीं जानता कि कितने लोग थे ,लेकिन एक फाइटर जेट धा और एक बहुत बड़ा एरोप्लेन था वह जानता हूं। लेकिन जो भी हुआ वह बहुत ही भयानक और दर्दनाक हुआ उन्होंने मेरे परिवार के सदस्य और मेरे गांव के सदस्यों को जबरदस्ती बंदी बनाकर पाकिस्तान लेकर गए हैं।

कर्नल भार्गव : इसका मतलब जब हमारे सैनिकों ने उनके दो फाइटर जेट पर हमला किया उसमें हमारे देश के नागरिक भी मौजूद थे । कहीं गोलियां तो उनको भी नहीं लगा होगा ना ।

मेजर ध्यानचंद : सर मेरे ख्याल से दो तीन गोलियां तो लगा ही होगा ।

वीर अर्जुन : इसका बदला में जरूर लूंगा सर मैं क्या हमारी पूरी भारतीय सेना इन पाकिस्तानी सैनिकों को ईट का जवाब पत्थर से देंगे ।

कर्नल भार्गव : लेकिन वह गांव के लोगों को बंदी बनाकर क्यों लेकर गए ।

(तभी बूढ़ा व्यक्ति बोला कर्नल भार्गव से)

व्यक्ति : वह लोग कह रहे थे कि तुम्हारा लाश हम कोई अच्छे रेगिस्तान में फिंकवा देंगे । और पूछ रहे थे कि कौन सा जानवर तुम्हें खाए तो ठीक लगेगा या फिर हम ही खा जाए हम भी तो एक जानवर ही हैं।

मेजर ध्यानचंद : सर हमें जल्दी ही कुछ करना पड़ेगा वरना वह पाकिस्तानी हमारे गांव के लोगों को खत्म कर देंगे।

कर्नल भार्गव : मैं जानता हूं कि वह पाकिस्तानी उन्हें इतनी आसानी से आजाद नहीं करेंगे । हमें उनसे डायरेक्टली बात नहीं करना चाहिए हमें डायरेक्टली उनके प्रधानमंत्री से बात करना चाहिए ।

कर्नल भार्गव पाकिस्तान के प्रधानमंत्री को फोन लगाते हैं और कहते हैं ।

कर्नल भार्गव : में कर्नल भार्गव बोल रहा हूं , हिंदुस्तान से । आपके सैनिकों ने हमारे 70 लोगों को बंदी बनाकर पाकिस्तान लेकर गए हैं । 1 घंटे पहले की ही बात है ।

पाकिस्तानी प्रधानमंत्री : में कुछ नहीं जानता हूं । इसके बारे में, कौन क्या कर रहा है , कौन किसे बंदी बना रहा है । क्या मेरा वहीं काम है क्या । मैं तुम्हारा चपरासी तों नहीं हुं ना कि जब जो कहोगे मैं वही करूंगा। अगर आयेंगे तो उनकी खातिरदारी कर के भेजेंगे समझे जनाब ।

कर्नल भार्गव : लेकिन !!

पाकिस्तानी प्रधानमंत्री : लेकिन वेकिन मत करो । मैं फ़ोन रखता हूं । खातिरदारी करके भेजूंगा ।

(फोन डिस्कनेक्ट हो जाता है)

कर्नल भार्गव : कुछ तो करना पड़ेगा जिससे उन लोगों को में सबक सिखा पाऊं ।

मेजर ध्यानचंद : कुछ नया और बेहतरीन सुविधाएं देनी पड़ेगी इन पाकिस्तानी यो को ।

वीर अर्जुन : सर गांव कि हालत तो देखिए । बिचारे कितने मेहनत से बनाया होगा उन्होंने अपना घर ।

मेजर गमित सिंह : लेकिन रडार से सीगनल क्यों नहीं आया ।

कर्नल भार्गव : क्या मसला है वो मुझे भी समझ नहीं आ रहा है ।

सचिन वर्मा : सर मेरे ख्याल से हमें रडार के पास जाकर चेकिंग करना चाहिए ।

(तभी कर्नल भार्गव को छोटे से बच्चे कि रोने कि आवाज़ आती है । वो बच्चा बड़े से पत्थर के नीचे दबा था और बहुत ही रो रहा था । उसके सर से खुन बह रहा था । कर्नल भार्गव उस बच्चे के पास जाते हैं और उनकी सभी टीम ने मिलकर उस बच्चे को बाहर निकाला ।)

(वह बच्चा करीब 17 साल का था । वह मां मां चिल्लाते अपनी मम्मी को ढूंढ रहा था । उसे बहुत चोट भी लगा था । कर्नल भार्गव ने उसे बुलाया ओर कहा)

कर्नल भार्गव : क्या हुआ । क्यों रो रहे हो । तुम्हारा नाम क्या है ।

बच्चा : मेरा नाम रोशन है ।मुझे मां के पास जाना है । और ये मेरा घर से टुट गया । मेरे मम्मी पापा कहां है ।

कर्नल भार्गव : पुरा नाम बताओ बेटा।

रोशन : मेरा पुरा नाम रोशन ठाकुर है ।

कर्नल भार्गव : तुम्हारे पापा और मम्मी बाहर गए हैं।

रोशन : क्यों वो मुझे छोड़कर बाहर गए हैं । आज मेरा जन्मदिन है मां ने कहा था मैं तेरे लिए केक लेकर आती हूं । तु रुक इधर ।

कर्नल भार्गव : वो तुम्हारे लिए बहुत सारे चोकलेट और गिफट लेकर आयेंगे । तुम्हें सरप्राइज देंगे । अच्छा मुझे एक बात बताओ तुम्हारा सपना क्या है ।

रोशन : मेरा एक ही सपना है । मैं बस नाम कमाना चाहता हूं । और नाम कमाके देश कि रक्षा करना चाहता हूं । मुझे आर्मी बनना है और मैं उसकी तैयारी अभी कर रहा हूं ।

कर्नल भार्गव : बहुत बहादुर हो तुम । मैं तुम्हें आशीर्वाद देता हूं कि तुम आर्मी बनोगे तैयारियां करते ही रहना.वैसे तुम्हें चोट कैसे लगा कुछ पता है ।

रोशन : नहीं कुछ नहीं पता मुझे । मुझ पर अचानक एक पत्थर टूट कर गिर गया और मैं बेहोश हो गया । मेरी मां आएगी ना सर ।

(कर्नल भार्गव अपने बटालियन के सैनिकों से कहते हैं । इस बच्चे को किसी सुरक्षित स्थान पर ले जाव और इसका ध्यान रखना। कर्नल भार्गव और मौजूद सभी सैनिक उस बच्चे का दर्द देख ना पा रहे थे । सभी का आंख भर आया उस बच्चे को देखकर ।)

मेजर गमित सिंह : सर हमें रडार के पास जाना चाहिए और देखना चाहिए कि क्या हुआ है ।

कर्नल भार्गव : हां ठीक है चलते हैं (चलो)

(रडार ओफिस के पास सभी पहुंचे । वहां पर भी देखा कि कुछ सैनिक घायल थे । रडार के पास बहुत सारा लिफाफा पड़ा था । उसे वीर अर्जुन ने उठाया और पढ़ा)

सलाम मियां

मैं जानता था तुम ये लिफाफा उठाकर पढ़ोगे । जब उठा ही लिया है तो अच्छे से पढ लो । हमने पुरा 70 शिकार किया है और हां तुम लोग हमें बता देना उनका लाश कौन से रेगिस्तान फेंकवाना है । हम तो चले चाय पीने । अगर चाय तुम्हें भी पीना है तो लिफाफा मैं चायपत्ती और चीनी रख दिया है , बना लेना लेकिन तुम बनाओगे कैसे । एक काम करना जंगल से लकड़ियां काट कर चुलहा बना कर । चाय बना लेना ।

~ तुम्हारा दोस्त फ़कीर बाबा

लेफ्टिनेंट कर्नल विवेक कुमार : इन पाकिस्तानी यो ने तो हद ही पार कर दी ।

मेजर गमित सिंह : करने दो इन्हे हद पार हम जब सरहद पार करेंगे फिर तो उनकी खेर नहीं ।

कर्नल भार्गव : नहीं हम कोई भी काम जल्दबाजी में नहीं करेंगे ।

लेफ्टिनेंट कर्नल विवेक कुमार : सर लेकिन हमारे उन लोगों का क्या जिन्हें पाकिस्तानियो ने बंदी बना कर अपने देश लेकर गए हैं ।

वीर अर्जुन : हां सर । उन सभी की जिंदगी खतरे में है सर हमें कुछ करना ही पड़ेगा।

कर्नल भार्गव : उनकी शिकायत मुझे भी है लेकिन हमें कोई भी काम जल्दबाजी से नहीं करना चाहिए पहले हमें अपने प्रधानमंत्री को यह सब बात बताना पड़ेगा।

मेजर गमित सिंह : लेकिन सर इंतजार क्यों करना है हमारे पास सैनिक भी है हम अभी पाकिस्तान में घुसकर उनको सबक सिखाएंगे और अपने भारतीय नागरिकों को अपने देश वापस लेकर आएंगे।

कर्नल भार्गव : सिर्फ कहना आसान है करना बहुत मुश्किल है उन्होंने पहले से ही प्लानिंग बना लिया होगा अगर हम बिना प्लानिंग के गए पाकिस्तान में प्रवेश करते हैं तो सभी को जान का खतरा हो सकता है ।

वीर अर्जुन : सर हम पर भारत माता का आशीर्वाद है हमें कुछ नहीं होगा और हम अपने आदमियों को भी बचा कर लेकर आएंगे । मुझे डर मरने का नहीं है सर। मुझे इधर रुकने का गम है। अगर मेरे साथ अभी कोई नहीं चलेगा तो मैं अकेले ही जाऊंगा ।

मेजर ध्यानचंद : नहीं रुक जाओ । गुस्सा तो सभी के अंदर है और बदले की आग भी लेकिन बिना अपने प्रधानमंत्री से बात किए बगैर और प्लानिंग बनाएं हम नहीं जा सकते हैं।

वीर अर्जुन : सर क्या प्लानिंग बनाना है यही कि भाई तुम इस दिशा में जाओ तुम उस दिशा में जाओ सर बात यहां प्लानिंग का नहीं है सर मुझे तो कभी लगता है , शायद मुझे इस वर्दी को पहनने से कोई फायदा नहीं है।

कर्नल भार्गव : वीर अर्जुन तुम अभी कितना भी प्रयास कर लो लेकिन अभी कोई नहीं जा सकता । पहले चलो हम सभी प्रधानमंत्री से बातचीत कर ले। उसके बाद हम अपना फाइटर जेट लेकर पाकिस्तान का सर्वनाश कर देंगे ।

लेफ्टिनेंट कर्नल विवेक कुमार पांडे : मेरे ख्याल से भार्गव सर जो भी कह रहे हैं वह सच कह रहे हैं पहले हमें अपने प्रधानमंत्री से बात कर लेना चाहिए कोई भी काम हमें जल्दबाजी में नहीं करना चाहिए ।

वीर अर्जुन : सर यह बात तो तय है मैं अभी किसी के बात नहीं सुनने वाला और ना ही मैं किस से मिलने जाने वाला हूं मैं अपने देश के नागरिकों बचाकर उन्हें भारत जीवित लेकर आऊंगा । अकेला ही जाऊंगा भले मेरा कोई साथ दे या ना दे मैं अभी ही जाऊंगा। मैं चला । जय हिन्द।

कर्नल भार्गव : रुक जाओ अर्जुन तुम बात को समझने के लिए तैयार ही नहीं हो रहे हो । अगर तुम इतना ही जिद कर रहे हो तो जाओ लेकिन पाकिस्तान को श्मशान बना कर आना । जय हिन्द ।

(वीर अर्जुन पाकिस्तान के तरफ र वाना हो जाते हैं)

(उधर पाकिस्तानी हमारे 70 नागरिकों को लेके पाकिस्तान पहुंच जाते हैं ।)

अबु शेयफ : आज हमने बहुत बड़ा शिकार किया है ।

हाफिज रहमान : सही कह रहे हो तुम आज हमने बहुत बड़ा हाथ मारा है । वैसे इन लोगों का करेंगे क्या हम ।

आफरीदी खान : अरे वही जो पहले से करते आ रहे हैं इनको भी काट कर खा जाएंगे ।

अबु शेयफ : वैसे आईडिया तो ठीक है पर ये, हिंदुस्तानी पचेंगे नहीं हमको ।

आफरीदी खान : एक काम करते हैं , उनकी समाधि इधर ही बना देते हैं ।

अबु शेयफ : नहीं नहीं हम अपनी मिट्टी खराब नहीं करेंगे ।

हाफिज रहमान : तुम लोगों को इनका ठिकाना लगाने की जरूरत नहीं है । मैंने इन सभी का ठिकाना लगा दिया है जिस प्लेन से हम इनको लेकर आए हैं उसी प्लेन में बम फिट कर हम उसी जगह पर प्लेन भेज देंगे । वैसे अपना काम भी हो जाएगा और अपने आत्मा को शांति भी मिल जाएगी इनकी मृत्यु से । अभी 4:00 बज रहे हैं और हम इस प्लेन को 5 :00 बजे भेज देंगे इन लोगों को इस में बैठाकर टाइम बम फिट कर देना जैसे ही वह कच्छ के गांव में पहुंचेंगे तब टाइम बम विस्फोट कर देना समझे नालायको.।

अबु शेयफ : जी हुजूर ।।

आफरीदी खान : तब तक इन सभी को चाय नाश्ता करा दो, बिचारे आखिरी टाइम नाश्ता तो करके जाए ।

(बाकी सभी सैनिक प्रधानमंत्री से मिलने के लिए उनके घर पहुंचते करीब सुबह के 4 बजने वाले थे ।)

प्रधानमंत्री इंदिरा गांधी : कैसे आना हुआ कर्नल भार्गव जी । जय हिन्द ।

कर्नल भार्गव : जय हिन्द मेम । सर हम आपको बहुत ही खास सूचना देने आए हैं कुछ पाकिस्तानी आतंकवादी कच्छ में घुसकर कच्छ एयरवेज को तबाह कर डाला है और साथ ही संपूर्ण गांव के लोगों को बंदी बनाकर लेकर गए हैं ।तो अब हम क्या करें आप बताइए ।

इंदिरा गांधी : ये सब कब हुआ ।

मेजर ध्यानचंद : करीब दो बज रहे थे ।

इंदिरा गांधी : रडार से कुछ सिग्लन नहीं आया ।

लेफ्टिनेंट कर्नल विवेक कुमार : मेम मुझे लग रहा है कि उन्होंने पहले रडार को ही पहला निशाना बनाया ताकि आसानी से घुस सके ।

इंदिरा गांधी : उनके प्रधानमंत्री से आपने बात किया या नहीं । कि हनारे भारतीय नागरिकों को बंदी बनाकर लेके गए हैं । उन्हें आजाद करो ।

कर्नल भार्गव : मेम हमने उनसे बात किया । पर आप जानते ही हो ना कि उन्होंने कहा क्या हमारा वहीं काम है । किस ने किसको बंदी बनाया । चलो फोन रखो ।

इंदिरा गांधी : तो हमारे लोगों का क्या होगा । अगर हमने कल तक इंतजार किया तो वह हमारे आदमियों को खत्म कर देंगे । हमें स्ट्राइक करना होगा । क्या कह रहे हैं आप।

कर्नल भार्गव : मेम । दिस इज नॉट पॉसिबल। हम दिन में कैसे स्ट्राइक कर सकते हैं ।

इंदिरा गांधी : अगर हमने ज्यादा इंतजार किया । तो उनकी जान को खतरा हो सकता है इसीलिए यह मेरा अंतिम निर्णय है हम पाकिस्तान पर स्ट्राइक करेंगे। आप अंतिम राय दीजिए ।

मेजर गमित सिंह : मैम सर्जिकल स्ट्राइक इज नॉट पॉसिबल ।

इंदिरा गांधी : तो क्या करें ।

कर्नल भार्गव : मैम हम स्ट्राइक नहीं कर सकते हैं आप बात को समझने की कोशिश कीजिए और वो भी दिन में स्ट्राइक असंभव है ।

लेफ्टिनेंट कर्नल विवेक कुमार पांडे : मेम लेकिन वीर अर्जुन पाकिस्तान में प्रवेश कर चुके हैं।

इंदिरा गांधी : उनको अकेले किसने जाने दिया । क्या किसी ने उन्हें रोकने की कोशिश नहीं की ।

कर्नल भार्गव : मैं रोकने की कोशिश तो की पर वह मानने को तैयार ही नहीं था। मुझे उम्मीद है वह अपना जलवा पाकिस्तान को दिखा कर जरूर आएगा ।

इंदिरा गांधी : पहले एक आप काम करो । टेक्निकल टीम को फोन लगाओ और उन्हें कहो कि सभी रडार को एक्टिवेट कर दे ।

कर्नल भार्गव : जी मैम मैं अभी कह देता हूं ।

(कर्नल भार्गव टेक्निकल टीम को फोन लगाकर कह देते हैं कि सभी राडार को एक्टिवेट कर दो फिर से और उस पर कड़ी से कड़ी नजर रखना ।)

मेजर गमित सिंह : मेम दिन के समय स्ट्राइक असंभव है पाकिस्तानी सैनिक तैनात होंगे और हमारी जान को भी खतरा हो सकता है बचाने के चक्कर में कहीं हमारी जान ना चली जाए ।

इंदिरा गांधी : कुछ तो करना ही पड़ेगा अगर हम स्ट्राइक नहीं करेंगे तो हमारे देश के नागरिकों का क्या होगा। और आप एक सैनिक है सैनिक को डर नहीं होना चाहिए क्योंकि वह देश की रक्षा करते हैं और आप ऐसी बात करेंगे वह भी सैनिक होकर ।

मेजर ध्यानचंद : मैं स्ट्राइक के लिए तैयार है । भले मेरा जीवन हमारे देश को समर्पित हो जाए लेकिन मैं स्ट्राइक करने के लिए तैयार हूं।

इंदिरा गांधी : मैं घनश्याम जी से बात कर लेती हूं । आप सभी तैयार रहें अपने फाइटर जेट्स और सैनिकों के साथ । वैसे अभी 4:10 हो रहा है हम 5 : 55 पे पाकिस्तान पर स्ट्राइक करेंगे और अपने देश के नागरिकों को जीवित भारत लेकर आएंगे । (अचानक से कहा)

मुझे लग रहा है दिन में स्ट्राइक हम नहीं कर सकते हैं .

मेजर ध्यानचंद : आप चिंता मत करिए ,सब कुछ ठीक तरह से हो जाएगा

कर्नल भार्गव : ठीक है मेम ।

इंदिरा गांधी : आप सभी जाईए और अपनी तैयारी कीजिए करीब 5 : 30 को आप यहां से निकल जाइएगा ।

कर्नल भार्गव : ठीक है । हम जा रहे तैयारी या करने । जय हिन्द ।

इंदिरा गांधी : जय हिन्द ।

(वहां से सभी लोग चले जाते हैं और प्रधानमंत्री जी मुख्यमंत्री घनश्याम ओझा को अपने घर बुलाती है ।)

(जैसे ही 5 बजते हैं पाकिस्तानी उन सभी 70 भारतीय नागरिकों को प्लेन में बैठाकर और उसमें टाइम बम फिट कर देते हैं , प्लेन जैसे कच्छ के गांव में प्रवेश करता है । पाकिस्तानी उस प्लेन को ब्लास्ट कर देते हैं। बॉर्डर से संदेश पहुंच जाता है कर्नल भार्गव के पास ।)

सैनिक : सर पाकिस्तानी यो ने प्लेन को ब्लास्ट कर दिया है और उस प्लेन में हमारे सभी भारतीय नागरिक थे । पुरा लाश का ढेर लग गया है सर ।

कर्नल भार्गव : क्या बोल रहे हो तुम ?

सैनिक : हां सर और भी सैनिक घायल हुए हैं.। मुझे भी हल्का चोट लगा है । सर आप जल्दी से टीम को लेकर पहुंचीए ।

(कर्नल भार्गव यह सभी बात प्रधानमंत्री को फोन कर बताते हैं.।)

कर्नल भार्गव : मेम पाकिस्तानियों ने हमारे 70 नागरिकों को प्लेन में बैठाकर बम ब्लास्ट कर दिया । मेम अब हम कुछ नहीं कर सकते ।

इंदिरा गांधी : ठीक है ,जल्दी पहले आप उस जगह पर जाइए ।

कर्नल भार्गव : ठीक है मैम

लेफ्टिनेंट कर्नल विवेक कुमार पांडे : सर चलिए जल्दी, अब तो इन पाकिस्तानियों ने हद ही पार कर दी है । कहते हैं ना लातों के भूत बातों से नहीं मानते ।

(कर्नल भार्गव अपनी सभी टीम को लेकर कच्छ के बॉर्डर पर पहुंचते हैं । उन पाकिस्तानियों ने बोडर को पूरा श्मशान बना दिया था । (रोशन) वह बच्चा जो अपने मां का इंतजार कर रहा था अपने पिताजी का इंतजार कर रहा था कि उसके पिताजी आएंगे और उसे ढेर सारी मिठाईयां उसे देंगे और अब उसके पिताजी नहीं रहे अगर उसको यह बात पता चलेगा तो उस बच्चे का क्या होगा.। वैसे कितनों के परिवार मारे गए उन लोगों का क्या होगा ।

जिन्होंने अपनी मेहनत की कमाई से मिट्टी का घर बनाया और एक वक्त की रोटी कमाई .। कितनों का रह गया अधूरा सपना कि वह बड़े होकर अभिनेता , पुलिस , आर्मी , टीचर बने उनकी मासूम सी जिंदगी कुछ ही मिनटों में तबाह हो गई आखिर कौन करेगा

उनका सपना पूरा ? कौन संभालेगा उनके परिवार के व्यक्तियों को ? कौन महसूस करेगा इस दर्द को? कौन जवाब देगा ?।)

लेफ्टिनेंट कर्नल विवेक कुमार पांडे : कितने बेरहमी से मारा है इन पाकिस्तानियों ने .। कितने वह तड़पे होंगे जब यह बम ब्लास्ट हुआ होगा ।

कर्नल भार्गव : यह दर्द हम समझ सकते हैं हमारे देश समझ सकता है पर वह पाकिस्तानी कुत्ते नहीं समझ सकते .।

लेफ्टिनेंट कर्नल विवेक कुमार : सर तो सर्जिकल स्ट्राइक हम भी करेंगे आज और इसी वक्त ।

कर्नल भार्गव : दिन में सर्जिकल स्ट्राइक असंभव है ।

लेफ्टिनेंट कर्नल विवेक कुमार पांडे : सब कुछ संभव है ,हां बस डर मृत्यु का है ना आपको कि वह हमें खत्म कर देंगे , मुझे डर नहीं है । एक ना एक दिन सबको मरना ही है कोई भी अमर होने वाला नहीं है.।

कर्नल भार्गव : मुझे अपने सैनिकों का चिंता हो रहा है ।

लेफ्टिनेंट कर्नल विवेक कुमार पांडे : सर लेकिन इन 70 भारतीयों का क्या । सर हम सैनिक है देश की रक्षा करना हमारा फर्ज है और हम मरते भी शान से हैं और जीते भी शान से तो फिर डर किस बात का.।

कर्नल भार्गव : ठीक है , हम दिन में ही सर्जिकल स्ट्राइक करेंगे। आतंकवादियों का संगठन के पुरे सदस्यों को हाईजैक कर हम भी लेकर आएंगे भारत में।

लेफ्टिनेंट कर्नल विवेक कुमार पांडे : सर लेकिन हम प्रधानमंत्री मुख्यमंत्री से बात कर अपना समय नहीं गंवाना चाहते हैं । उनको सर्जिकल स्ट्राइक करने नहीं जाना है हमें जाना है । तो हम अपनी मर्जी से ही जाएंगे । 5:00 तो बज चुके हैं हम 6:00 बजे ही पाकिस्तान में प्रवेश करेंगे । चाहे कुछ भी हो जाए ।

कर्नल भार्गव : बिल्कुल ।

मेजर गमित सिंह : मैं तैयार हूं सर ।

मेजर ध्यानचंद : मैं भी तैयार हूं ।

सचिन वर्मा : मैं थोड़ी पीछे हटने वाला हूं, मैं भी तैयार हूं ।

कर्नल भार्गव : सभी सैनिकों को कह देना हम अंबाला से लखपत तक जाएंगे उसके बाद सिद्धा पाकिस्तान के करांची में प्रवेश करेंगे ।

लेफ्टिनेंट कर्नल विवेक कुमार पांडे : सर ज्यादा आतंक वादी हमें सीबि और कोहलु में मिलेंगे वहीं पर इनका संगठन है ।

कर्नल भार्गव : टोटल 35 सैनिक जा रहे हैं इसमें जंग के लिए और इस मिशन का नाम है "द मिशन कच्छ". साथ में हम दो फाइटर जेट और एक लड़ाकू विमान लेकर जाएंगे ।

मेजर गमित सिंह : सर वो डायरेक्ट फिर फाइटर जेट को ही निशाना बनाएंगे फिर हमारे सैनिक को खतरा हो सकता है ।

लेफ्टिनेंट कर्नल विवेक कुमार पांडे : सर अगर हम फाइटर जेट में रोबोट पायलट रखते दे तो कैसा रहेगा ।

कर्नल भार्गव : वैसे आईडिया तो ठीक है लेकिन हम रोबोट लाएंगे कहां से ।

लेफ्टिनेंट कर्नल विवेक कुमार पांडे : सर हम डीआरडीओ से रोबोट लेंगे ।

कर्नल भार्गव : हम एक रोबोट के साथ एक अपना सैनिक भी रहेगा अगर उसे लगा कि प्लेनर ब्लास्ट होने वाला है तो वो नीचे कुद जाएगा .। विवेक तुम डीआरडीओ से जल्दी बात कर 5 रोबोट मंगवा लो हमारे पास समय कम है 5 बचकर 15 मिनट हो गए हैं सिर्फ 45 मिनट है ।

लेफ्टिनेंट कर्नल विवेक कुमार पांडे : ठीक है सर मैं डीआरडीओ को फोन कर के कह देता हूं ।

(तभी वह बच्चा रोशन उधर जा पहुंचा)

रोशन : मैं जानता हूं आप सभी मुझसे कुछ छुपा रहे हैं। मुझे सच बताइए ।

कर्नल भार्गव : कुछ नहीं छुपा रहे तुमसे ।

रोशन : तू कहां है मेरे माता-पिता ।

मेजर गमित सिंह : सर मुझे लगता है हमें इसे सच बता देना चाहिए यह बच्चा नहीं है यह बड़ा हो गया है ।

कर्नल भार्गव : तो सुनो उस रात करीब 2:00 बजे पाकिस्तानी यो ने सभी गांव वालों को हाईजैक कर लिया और पाकिस्तान लेकर गए और वापस उसी प्लेन में सभी को बैठाकर उसी प्लेन में बम फिट कर ब्लास्ट कर दिया । उसी का बदला लेने हम जा रहे हैं ।

(रोशन खुब जोर जोर से रोने लगा पिताजी पिताजी कहकर । मैं नहीं छोडुंगा उन लोगों को । जिन्होंने मेरी खुशी छीनी है उसकी जिंदगी में छीन लूंगा । रोशन कर्नल भार्गव से कहता है)

रोशन : आप लोगों ने मुझे बताया क्यों नहीं । मैं भी चलूंगा बदला लेने ।

कर्नल भार्गव : नहीं नहीं तुम नहीं जा सकते हो मैं तुम्हारा दर्द समझ सकता हूं लेकिन बदला हम लेकर आएंगे, तुम अभी छोटे हो ।

रोशन : नहीं मैं भी साथ चलूंगा वरना किसी को भी इधर से जाने नहीं दूंगा ।

मेजर गमित सिंह : तुम्हें बंदुक चलाना आता है । या नहीं

रोशन : नहीं ।

मेजर गमित सिंह : फिर हम तुम्हें कैसे लेकर जाएं और अगर हम तुम्हें ले गए तो हम अपने प्रधानमंत्री को क्या जवाब देंगे अगर तुम्हें कुछ हो गया तो ।

रोशन : मैं कुछ नहीं जानता हूं मुझे जाना है तो जाना है। मुझे उन सभी शहीदों का बदला लेना है , भले मैं मर जाऊंगा लेकिन मैं बदला लेने जरूर जाऊंगा ।

सचिन वर्मा : बेटा बात को समझने की कोशिश करो तुम नहीं जा सकते हो । अगर हम तुम्हें लेकर गए तो कल जनता हमसे सवाल पूछेगी आपके पास सैनिक मौजूद नहीं थे कि

आप बच्चे को लेकर जा रहे हैं जंग लड़ने के लिए ।

रोशन : सर कुछ नहीं होगा मैं आपको वचन देता हूं । (रोते हुए कहता है) आज मां मेरे लिए खीर बनाने वाली थी और अपने हाथों से खिलाने वाली थी । लेकिन मेरा नसीब ही खराब है. अब मैं किसको मां बुलाऊंगा।

कर्नल भार्गव : तुम तैयार हो जाने के लिए , तुम एक बात बताओ तुम्हें मरने से डर लगता है ।

रोशन : मुझे मरने से डर नहीं लगता । सर लेकिन मैं आपके आगे हाथ जोड़ता हूं मैं भी जाऊंगा बदला लेने के लिए ।

मेजर गमित सिंह : सर यह इतना जींद कर रहा है तो इसे ले लेते हैं ।

मेजर ध्यानचंद : कोई बच्चों का खेल नहीं है । जंग लड़ने जा रहे हैं क्रिकेट खेलने नहीं ।

रोशन : सर मुझे जाना है । मैं खेल खेलने नहीं आया जंग लड़ने के लिए आया हूं । अगर मैं नहीं जाऊंगा तो आप लोग को भी जाने नहीं दूंगा.।

कर्नल भार्गव : ठीक है चलो हमारे साथ । (सभी से कहते हैं) अगर हम पाकिस्तानी वर्दी पहन के जाए तो कोई भी खतरा नहीं होगा । क्या कह रहे हो ।

सचिन वर्मा : नहीं सर हम सभ अपनी वर्दी में ही जाएंगे । जो लिखा है वो तो होना ही है ।

कर्नल भार्गव : ठीक है हम अपनी ही वर्दी पहनेंगे ।

लेफ्टिनेंट कर्नल विवेक कुमार पांडे : सर मैंने डीआरडीओ को फोन करके कह दिया है उन्होंने कहा हम 15 से 20 मिनट के अंदर रोबोट भेज देंगे ।

कर्नल भार्गव : ठीक है । ये बात प्रधानमंत्री या मुख्यमंत्री के कानो कान खबर नहीं पहुंच ना चाहिए । हम अपना बदला लेकर आएंगे । हमें उन आंतकवादीयो को हाईजैक करना है फिर भारत में लेकर आएंगे फिर वापस से पाकिस्तान प्लेन में बोम फिट कर भेज देंगे ।

मेजर गमित सिंह : सेटेलाइट की मदद से हम लाइव प्रसारण टीवी पर कर देंगे ताकि सब देख सके हम से टकराना कितना मुश्किल होता है ।

(करीब सुबह 6 बजने में पांच मिनट बाकी था । सभी सैनिक निकल पड़े अपने मिशन कच्छः के लिए । प्लेन के मुताबिक सभी सैनिक सीबी और कोहलु पहुंच कर फायरिंग शुरू की करीब 10 से 15 आतंकवादियों को मार गिराया । वो जंग लड़ने तो चले गए थे पर उन्हें ये नहीं पता चला कि पाकिस्तानीयो ने हर जगह केमरा और रडार लगाया था । रडार से सीगनल तेजी से आ रहा था साथ में आवाज भी ।)

मेजर गमित सिंह कर्नल भार्गव से कहते हैं

मेजर गमित सिंह : सर अब हम क्या करें उनको सिंगनल मिल गया कोई पाकिस्तान में घुसने की कोशिश कर रहा है ।

कर्नल भार्गव : मिलने दो सिंगनल उनके सामने से लेकर जाएंगे । पाकिस्तान में तबाही मचेगा ।

(उधर पाकिस्तान का प्रधानमंत्री खुशी मना रहा था । आज मैं बहुत खुश हूं आज सभी मंत्रियों को मैं मेरे घर पर दावत के लिए आमंत्रित करता हूं । सुबह 11 बजे मेरे घर आ जाना जश्न मनाएंगे।)

(उस जगह पर पहुंच कर करीब 100 से ज्यादा आतंक वादी यो को बंदी बनाकर प्लेन में बैठा देते हैं और सभी सैनिक भारत र वाना होने लगे । कोहलू और सीबी मानो कि श्मशान बन गया था । कर्नल भार्गव पायलट से कहते हैं तुम भी उतर जाओ और रोबोट को रहने दो वह लेकर जाएगा भारत। अगर मान लो पाकिस्तान का रडार एक्टिव है वह फायरिंग जरूर करेंगे तो मैं सभी पायलट से कह रहा हूं हमारे साथ चलो हम स्थल के रास्ते जाएंगे और उस फकीर बाबा को ले लो अगर पाकिस्तान कहे हमला नहीं हुआ है तो फ़कीर बाबा है हमारे साथ । मुझे पक्का यकीन है वह लोग फायरिंग करेंगे मिसाइल छोड़ेंगे वैसे काम अपना ही आसान होगा । जैसे ही फाइटर जेट र वाना होने कि कोशिश में थी आंतकवादीयो ने पांचो फाइटर जेट को तबाह कर दिया । उस में ही बैठे थे । उनके दोस्त ।)

(करीब 10:00 बज रहे थे सभी सैनिक कच्छ पहुंच कर विजय गाथा मना रहे थे । कर्नल भार्गव रोशन से कहते हैं)

कर्नल भार्गव : तुम एक सही में बहादुर बच्चे हो । बल्कि तुमने अपने देश कि रक्षा भी कि और बदला भी लिया । मैं प्रधानमंत्री से जरूर कहुंगा ऐसे बंदे हमें चाहिए देश के लिए ।

लेफ्टिनेंट कर्नल विवेक कुमार पांडे : सही में सर लडका बहादुर है ।

(इधर भारत में मीडिया पर अखबार में सभी जगह एक ही बात चल रहा था आखिर कच्छ में प्लेन कैसे ब्लास्ट हुआ और बहुत से लोगों की कैसे जान चली गई इसका गुनहेगार कौन है ? क्या भारतीय सैनिक तब क्या कर रही थी । प्रधानमंत्री कर्नल भार्गव को फ़ोन लगातीं है और कहती आप कहां हैं उधर पाकिस्तानियों ने हमारे देश के नागरिक को मारा और आप लोग चुपचाप बैठे हैं सर्जिकल स्ट्राइक का क्या हुआ आप लोग 6:00 बजे सर्जिकल स्ट्राइक करने वाले थे ना । तुरंत आप सभी सेना को लेकर मेरे घर पहुंचीए)

कर्नल भार्गव : मेम हमने अपना बदला पुरा किया और साथ में एक आतंकवादी को जिंदा पकड कर लाए हैं । उसे हम लाइव प्रसारण के दौरान मारेंगे ।

प्रधानमंत्री : मुझे बताया भी नहीं और आप लोग जंग लडकर भी आ गए ।

मेजर गमित सिंह : हमने इस मिशन में इस बच्चे को भी शामिल किया था । बहुत बहादुर है इसके माता ओर पिता भी मारे गए इस हाईजैक में । मैं आपसे अनुरोध करता हूं कि इसे हमारे बटालियन में शामिल कर दे ।

इंदिरा गांधी : मुझे यह सुन के बहुत दुखी हो रहा है की इस बच्चे के माता पिता मारे गए । मैं आदेश देती हूं कि इस बच्चे को कर्नल बनाया जाएगा । आप सभी को मिशन सक्सेसफुल हुआ उसके लिए आप सभी को बधाइयां । यह मीटिंग खत्म होता है इस बच्चे को कल सम्मानित किया जाएगा और सभी सैनिक को जो इस मिशन में शामिल थे । लेकिन आप इस बच्चे को क्यों लेकर गए.।

कर्नल भार्गव : मेम ये बच्चा जिद्द कर रहा था ।

इंदिरा गांधी : अगर इसको कुछ हो जाता तो आप क्या करते ।

कर्नल भार्गव : मेम ये बहुत ही जोश में था, इसका जोश देख मे इसे मना नहीं कर पाया ।

इंदिरा गांधी : ये तुम्हारे पीछे कौन है ।

कर्नल भार्गव : ये आंतकवादी इस मिशन में सामिल था ।।

मेजर गमित सिंह : ये आंतकवादी फकिर बाबा का क्या करना है ।

लेफ्टिनेंट कर्नल विवेक कुमार पांडे : बाहर मिडिया वाले हैं तो लाइव प्रसारण टीवी पर चल ही रहा होगा । और वैसे सभी को जवाब भी मिल जाएगा । कि हमने भी कुछ कसर नहीं छोडा है । बाहर इसका एनकाउंटर कर देंगे । पहले इसकी खातिर दारी तो करने दो । फकीर बाबा चाय पानी कुछ गरम या ठंडा लोगे .।

फकीर बाबा (आंतकवादी) :(हंसते हुए) तुम्हें मुझे मार कर भी क्या करोगे । हमारा गेंग बहुत बड़ा है । समझे जनाब । मार दो मुझे .।

लेफ्टिनेंट कर्नल विवेक कुमार पांडे : तेरा तो मरना तय है , मेरे हाथों से ।(विवेक ने फकिर का बाल पकड़ा और कहा)

कहा है और तेरे लोग बता ।

आंतकवादी : क्यों बताऊं , तु मेरा बाप है ।।

लेफ्टिनेंट कर्नल विवेक कुमार पांडे : नहीं रे तेरा बाप नहीं सब का बाप हूं मैं. चल अब जल्दी बता ।

इंदिरा गांधी : अगर ये नहीं बताये तो गरम तेल में इसे डाल देना ।

आंतकवादी : बताता हूं । हम लोग ने दो प्लान किया है आज का वो तो सुबह में हो गया और कल का प्लानिंग नारायण सरोवर से होकर हम भुज ऐयर बेस को तबाह करेंगे ।

इंदिरा गांधी : तुम्हें क्या लगता है तुम इस बार एयरबेस को तबाह कर दोगे । (गुस्से से कहती है) भुज एयरबेस पर कड़ी से कड़ी निगरानी रखो ।

लेफ्टिनेंट कर्नल विवेक कुमार पांडे : कल कितने बजे एयरवेज को तबाह करने वाले हैं ।

आंतकवादी : आज जैसे हमने 2:00 बजे अपना काम किया वैसे ही कल सुबह 2:00 बजे हम अपना मिशन कंप्लीट करेंगे .।

मेजर गमित सिंह : सर मुझे लगता है कि हमें एक और स्ट्राइक करना चाहिए और इस बार जिंदा जला कर रख देंगे , मुर्दों का घर बनाकर आएंगे ।

इंदिरा गांधी : मैं उस वक्त भले ही हिचकिचाह रही थी लेकिन अब मैं सामने से अनुमति देती हूं जाइए सर्जिकल स्ट्राइक करके आइए ।

मेजर ध्यानचंद : मैम आपको लगता है इस पर हमें भरोसा करना चाहिए ।

(कर्नल भार्गव आंतकवादी से पुछते है)

कर्नल भार्गव : तुम सच तो बोल रहे हो ना ।

आतंकवादी : में सच बोल रहा हूं और हमारे प्रधानमंत्री भी शामिल है इसमें मिशन में .। उन्होंने कहा था तुम आज भारत में सर्जिकल स्ट्राइक करके आओ आज सुबह 11:00 बजे में सभी को अपने घर दावत पर बुलाउंगा जश्न मानाएगें .।

लेफ्टिनेंट कर्नल विवेक कुमार पांडे : मैम हम सर्जिकल स्ट्राइक नहीं करेंगे .।

इंदिरा गांधी : तो फिर क्या करना है ।

लेफ्टिनेंट कर्नल विवेक कुमार पांडे : मैम हम सभी जगह पर टाइम बम फिट कर देंगे जैसे वह उस पर पैर रखेंगे । उनका खेल ही खत्म हमें कुछ करना भी नहीं है और हां हम उस जगह पर ड्रोन भेज देंगे ताकि हम पाकिस्तान को दिखा सके लाइव टेलीकास्ट .।

इंदिरा गांधी : वैसे ये आईडिया भी ठीक है.। वैसे अभ इस पाकिस्तानी का क्या करना है .।

लेफ्टिनेंट कर्नल विवेक कुमार पांडे : नहीं मैम कोई दुसरा आइडिया सोचा है मैंने , मेरा पहला वाला आईडिया में दम नहीं है .।

इंदिरा गांधी : कुछ ऐसा आईडिया सोचो जो किसी ने ना सोचा हो , कुछ अलग और कुछ अनोखा.

लेफ्टिनेंट कर्नल विवेक कुमार पांडे : मैम मैंने बहुत ही विचार किया और सोचा है ?

इंदिरा गांधी : क्या सोचा है आपने ?

लेफ्टिनेंट कर्नल विवेक कुमार पांडे : मैम हम हमेशा से अगर दुश्मन हम पर हमला करता है तो उन से बदला तो ले ही लेते हैं . मैंने सोच लिया है अब हम बदला नहीं लेंगे .

इंदिरा गांधी : तो फिर कल का इंतजार करेंगे . हमारे देश का क्या होगा

लेफ्टिनेंट कर्नल विवेक कुमार पांडे : कुछ नहीं होगा अपने देश के नागरिकों को . हम सीधा पाकिस्तान के प्रधानमंत्री को हाई जैक कर ले तो ।

इंदिरा गांधी : आप को पता भी है , आप क्या बोल रहे हैं. पाकिस्तानी प्रधानमंत्री को हाई जैक कैसे करोगे आप . उस के आस पास बहुत सारे सिक्योरिटी होंगे . उसको छुना तो दूर उसे हाथ भी नहीं लगा सकते हो आप सभी . नहीं ये आईडिया मुझे ठीक नहीं लग रहा है , अपना निर्णय बदले .

लेफ्टिनेंट कर्नल विवेक कुमार पांडे : मैम हम आराम से पाकिस्तान के प्रधानमंत्री को हाई जैक कर सकते हैं .

इंदिरा गांधी : ठीक है । मैंने मान लिया कि आपने हाई जैक कर भी लिया तो फिर आप आओगे कैसा । किसने आप से कुछ सबुत मांग लिया कि भाई आप कहां रहते हो ? कहा घर है तुम्हारा ? वो बात छोड़ो आप सभी पाकिस्तान प्रवेश कैसे करोगे ? क्या पाकिस्तान आपका वीजा एप्रूवल करेगा .

लेफ्टिनेंट कर्नल विवेक कुमार पांडे : हां मैम एप्रूवल हो जाएगा . हम फर्जी नेशनल आईडेंटिटी कार्ड बनवा लेंगे जिससे हम पकड़े भी नहीं जाएंगे । और पाकिस्तान के प्रधानमंत्री जुल्फिकार अली भुट्टो को भारत में लाकार उनका एनकाउंटर कर देंगे और मीडिया वालों से

कह देंगे कि पाकिस्तानी प्रधानमंत्री बोर्डर पार कर भारत में हमला कर वाने कि साजिश में उनका एनकाउंटर कर दिया .।

इंदिरा गांधी : इतना रिक्स वाला काम नहीं करने दे सकती में आप सभी को . कोई दूसरा आईडिया सोचिए .

लेफ्टिनेंट कर्नल विवेक कुमार पांडे : अच्छा मुझे एक बात बताइए मैम उस पाकिस्तानी प्रधानमंत्री ने हमला कर वाया उसका कुछ नहीं ? अपने 70 से ज्यादा देश के नागरिक शहीद हुए उसका कुछ नहीं . फिर भी आप कह रहे हैं कि आईडिया बदल दिजीए . मैम अगर पेड़ कि डालियां काटेंगे तो फिर से डालियां तो आएगा ही अगर जड़ से उखाड़ कर फेंक दे तो फिर पेड़ फिर से नहीं उगेंगे . इसलिए बोल रहा हूं असली जड़ को खत्म कर देते हैं .

इंदिरा गांधी : कहना तो आसान ही है . मगर पाकिस्तान में प्रवेश करना खतरनाक साबित हो सकता है . अगर आप से किसी को कुछ हो गया तो मैं क्या जवाब दुंगी आपके घर वालों को.

मेजर गमित सिंह : मेरे ख्याल से हमें जड़ को उखाड़ कर फेंक देना चाहिए । और हमें कुछ भी नहीं होगा प्रधानमंत्री जी आप चिंता न करें .

लेफ्टिनेंट कर्नल विवेक कुमार पांडे : हम इस मिशन को अंजाम देंगे आज दोपहर 2 बजे के पहले . पहले हम फर्जी नेशनल आईडेंटिटी कार्ड बनवा लेंगे और वीजा लेकर पाकिस्तान जाएंगे और फिर पाकिस्तान के प्रधानमंत्री से मिलकर उस को कहेंगे ,आप से कुछ जरूरी बात करना है पाकिस्तान के सीबी और कोहलु पर हमला किसने कर वाया है , हमें पता है . आप से अकेले में बात करना चाहते हैं .।

इंदिरा गांधी : ठीक है लेकिन मैं पहले सभी से उनका राय जानना चाहती हुं । क्या सभी तैयार है .।

(सभी ने कहा हां तैयार है)

इंदिरा गांधी : लेकिन इस मिशन को अंजाम देने के लिए सिर्फ पांच लोग जायेंगे . एक बात तो है विवेक जी ने सही कहा अगर हम जड़ को काटकर फेंक दे तो फिर कोई भी चिंता ही नहीं है और हां एक और बात का ध्यान रखें वहां के कोई भी व्यक्ति को नुक्सान नहीं पहुंचाना . जिसने ये हमला कर वाया उसे ही खत्म करेंगे . करनी कोई ओर करे और सज़ा मिले बिचारे दुसरो को .

लेफ्टिनेंट कर्नल विवेक कुमार पांडे : ठीक है मैम ।

इंदिरा गांधी : कौन कौन जाएगा ?

(तभी कर्नल भार्गव का फोन बजता है और वो फ़ोन लेकर बाहर आते हैं . उन्होंने देखा कि वीर अर्जुन का फोन आया है उन्होंने फ़ोन उठाया .)

वीर अर्जुन : जय हिन्द सर ।

कर्नल भार्गव : जय हिन्द । कहा पहुंच तुम ।

वीर अर्जुन : बस में अब थोड़े समय बाद सरहद पार करूंगा ।

कर्नल भार्गव : वहीं पर रूक जाओ ।

वीर अर्जुन : क्यों सर क्या हुआ .

कर्नल भार्गव : हम भी आ रहे हैं । बहुत बड़ा मिशन है पाकिस्तान के प्रधानमंत्री को हाई जैक करना है . मुझे अपना लोकेशन भेजो में उधर प्राइवेट फाइटर जेट भेजता हूं । उस में बैठकर वापस आ जाना .

वीर अर्जुन : ठीक है सर जय हिन्द .।

(कर्नल भार्गव फोन रख कर , पायलट को लोकेशन शेयर करके उसे फोन कर कहते हैं वीर अर्जुन को लेकर आना है इतना कहकर फोन रख कर वो अंदर जाते हैं)

लेफ्टिनेंट कर्नल विवेक कुमार पांडे : में और गमित, ध्यान चंद , भार्गव सर बस और कोई नहीं और वीर अर्जुन पहले से ही पाकिस्तान में प्रवेश कर चुके हैं .।

इंदिरा गांधी : उनका कुछ मेसेज आया या नहीं ?

कर्नल भार्गव : जी मैम । मैंने उसे अभी फ़ोन करके कह दिया है कि जहां हो वहां रूक जाए । मैं फाइटर जेट भेज दिया है उन्हें लेकर आ जाएगा ।

इंदिरा गांधी : एक काम तो आपने भी बहुत अच्छा किया उन्हें रोककर । ठीक है तो इस मिशन का नाम रहेगा 1972 । "मिशन 1972"। और जब आप उस पाकिस्तान के प्रधानमंत्री को लेकर आओगे तब ध्यान रखना उसे कुछ होना नहीं चाहिए मुझे वह जिंदा चाहिए उसे मैं ही खत्म करूंगी । पहले उसके साथ बैठकर चाय पिऊंगी । और हम मीडिया के सामने ऐसा कुछ भी नहीं कहेंगे कि उसका एनकाउंटर हुआ या मर्डर हुआ । हम मीडिया वालों के सामने स्वयं कहेंगे उसको मैंने मारा है ।

कर्नल भार्गव : ठीक है मैम ।

इंदिरा गांधी : आप सभी अब जाइए और तैयारियां कीजिए 11:00 बजने वाला है । और इस आतंकवादी का क्या करना है .

लेफ्टिनेंट कर्नल विवेक कुमार पांडे : इसकी खातिर दारी बाहर मिडिया के सामने करेंगे .।

इंटर-वल

(प्रधानमंत्री के घर के बाहर मिडिया वालो कि लाइन लगी थी यह जानने के लिए आखिर कच्छ में कैसे 70 से ज्यादा लोग मारे गए , आखिर किसने ये हमला करवाया .।)

(मीडिया वालों के सामने विवेक ने उस आतंक वादी का एनकाउंटर कर दिया और मीडिया वालों से कहा हमने अपना बदला ले लिया है उन्होंने हमारे 70 भारतीय नागरिक को मारा हमने 100 से ज्यादा पाकिस्तानी यो को ढेर कर दिया । जय हिन्द जय भारत ।)

(तभी मीडिया वालों ने इंदिरा गांधी से पुछा प्रधानमंत्री जी आप इस पर क्या राय देना चाहतीं हैं, इंदिरा गांधी ने कहा .।)

प्रधानमंत्री इंदिरा गांधी : बस इतना ही कहुंगी पाकिस्तानी प्रधानमंत्री ज़ुल्फ़िकार अली भुट्टो से . आज अच्छे से मेहमानों को दावत खिलाना और कम पड़े तो खाना मे भेज दुंगी टिफिन से पार्सल सिधा पाकिस्तान.। अब मिशन सक्सेसफुल होगा . "मिशन कच्छ 1972".

(11:00 बजने वाले थे पाकिस्तानी प्रधानमंत्री के घर सभी मेहमान आ गए थे.)

अस्लम खान : लेकिन आपने दावत किस खुशी में रखी है आज नहीं तो आपका जन्मदिन है नहीं मेरा जन्मदिन है ,और आज कोई त्यौहार भी नहीं फिर ये दावत किस बात के लिए .

पाकिस्तानी प्रधानमंत्री : नहीं यह दावत मेरा जन्मदिन के लिए नहीं तुम्हारे जन्मदिन के लिए यह दावत हमने भारत के लिए रखा है.

अस्लम खान : भारत के लोगों का, तो इस दावत में भारत के लोग भी आ रहे हैं क्या.

पाकिस्तानी प्रधानमंत्री : मैंने अपने आदमियों को कहकर भारत पर हमला करवाया करीब 70 से ज्यादा लोगों को पहले हमने हाईजैक किया फिर उन्हें उसी प्लेन में बैठा कर बम फिट कर प्लेन ब्लास्ट कर दिया. बस इसी खुशी में, मैंने सभी को अपने घर दावत पर बुलाया है और कोई खास वजह नहीं है न्यूज़ देखा करिए जनाब.।

अस्लम खान : वैसे हम न्यूज़ तो अक्सर देखा करते हैं वैसे आपके पास इतना दिमाग कहां से आया जनाब.।

पाकिस्तानी प्रधानमंत्री : जनाब हमने पाकिस्तान के बादाम खाएं और यहां हर पाकिस्तानियों का दिमाग मेरे जैसा ही चलता है, इसीलिए मैं प्रधानमंत्री हूं और तुम मुख्यमंत्री समझे .।

आमिर शेयद : अच्छा क्या क्या मंगवाया है आपने खाना में

पाकिस्तानी प्रधानमंत्री : मटन कोरमा ,शाही नवाब, टीका नवाब, काबुली चना, शाही बिरियानी खाने के तो आइटम तो बहुत सारे ,आपको जितना मन करें उतना खाएं और कम पड़े तो घर भी लेकर जाए सबको खिलाये इस खुशी के मौके पर .।

आमिर शेयद : जरूर , खुशी का मुकाम थोड़ी छोड़ सकते हैं . और बताइए इस बार तो मुझे चुनाव का टिकट तो मिल जाएगा ना .।

पाकिस्तानी प्रधानमंत्री : क्यों नहीं, मिल जाएगा टिकट इस बार.

आमिर शेयद : हर बार का यही है कहते हो लेकिन करते नहीं लेकिन इस बार पक्का मुझे टिकट दिलवा देना चुनाव का .।

पाकिस्तानी प्रधानमंत्री : इस बार पक्का तुम्हें में टिकट दिलवा लूंगा चुनाव का.।

(पाकिस्तान में हंगामा जोरों शोरों से चल रहा था, मीडिया में अखबार में बस यही खबर छपा था कि आखिर कोहलू और सीबी पर किसने हमला किया , और इधर पाकिस्तान के प्रधानमंत्री आराम से अपने सभी मंत्रियों के साथ जश्न मना रहे थे .)

पाकिस्तानी प्रधानमंत्री : (सभी से कहते हैं) सभी लोग पेट भर कर खाइए गा कुछ जल्दी नहीं है हमें, आराम से खाइए गा खाना कम नहीं पड़ेगा .

(सभी भोजन कर के सोफा पर बैठ कर आराम करते करते आपस में बात चीत कर रहे थे . तभी मुख्यमंत्री का बेटा जीद करने लगा अब्बा टीवी चालू करवाओ ना मुझे कार्टून देखना है , नहीं बेटा हम सभी बात कर रहे हैं और तु टीवी चालू करेगा तो शोर होगा चल घर पर देख लेना , तभी पाकिस्तानी प्रधानमंत्री ने कहा अरे कोई बात नहीं जनाब चालू कर वा देता हूं बच्चा ही तो है .। टीवी चालू कर वा के उस बच्चे के हाथ में रिमोट दे दिया और बच्चा आराम से कार्टुन देखने लगा .

(थोड़ी देर बाद उसने चैनल चेंज किया और न्युज चैनल लगा दिया , टीवी में न्युज आ रहा था कि , दावा किया जा रहा है कि अपने प्रधानमंत्री ने ये हमला कर वाया है. आखिर किसने कोहलू और सीबी पर हमला किया ? कहां गये यहां के लोग ? आखिर प्रधानमंत्री एक्सन क्यों नहीं ले रहे हैं ? क्या प्रधानमंत्री इस हमले से ख़ुश हैं ? यहां आस पास के लोगों का दावा है कि लगभग 1000+ से ज्यादा लोग रहते थे कहा गये वो लोग . उस रिपोर्ट को पता नहीं था कि वो कहां पर जाके रिपोर्टिंग कर रही थी . रिपोर्टिंग के बाद कुछ आंतकवादीयो ने उस रिपोर्ट और साथ में गए सभी टीम के मेमर को वहीं खत्म कर दिया .। ये सभ कुछ देखकर सभी मंत्रियों और प्रधानमंत्री कि आंखे फटे कि फटे रह गई । पाकिस्तान में हर तरफ़ ज़ुल्फ़िकार अली भुट्टो मुर्दा बाद मुर्दा बाद के नारे लग रहे थे .)

अस्लम खान : है अल्लाह अरे ये कैसे हो गया . तुमने हमें इस खुशी में दावत दिया था ।

आमिर शेयद : अलि भुट्ट जी लेकिन आप तो बोल रहे थे हमने 70 से ज्यादा भारतीयों को मारा है और इधर पासा तो उल्टा ही पड़ गया । सौ के बदले हजार । अब हम कल कैसे उन पर हमला कर सकते हैं हमारे सारे आदमी तो खत्म हो गए ।

पाकिस्तानी प्रधानमंत्री : हां बोला तो था । लेकिन ये सब कुछ हुआ कैसे ।

अस्लम खान : हुआ कैसे क्या । आपने भारत पर हमला कर वाया और भारत ने हमारे पाकिस्तान पर हमला कर वाया हिसाब तो बराबर हुआ जनाब । बोला था कि ऐसा काम मत करीए ।

पाकिस्तानी प्रधानमंत्री : ऐ मंत्री तुम सिर्फ अपनी कुर्सी संभालो । मेरी कुर्सी पर बैठने कि जरूरत नहीं है तुम्हें । आखिर ये हुआ कैसे .

आमिर शेयद : अब तो लोग आपका विरोध कर रहे हैं जनाब ।

पाकिस्तानी प्रधानमंत्री : आप सभी कृपया कर के मुझे अकेला छोड़ दे ।

(वैसे भी अली भुट्टो पर बहुत सारे पुलिस कैस है पर उसे कोई जेल में भी बंद नहीं कर सकता था क्योंकि वो पाकिस्तान का प्रधानमंत्री था । अस्लम खान ने सभी से कहा सभी चले मेरे घर पर अर्ज़ेनट मीटिंग है । अली भुट्टो कहता है । हां लेकर जाओ सभी को मुझे अकेला छोड़ दो ।सभी लोग अपने-अपने घर चले जाते हैं । ज़ुल्फ़िकार अली भुट्टो आराम से बैठकर सोचते हैं , मेरा निशाना कैसे चुंक गया ।)

अस्लम खान : अगर ये अली भुट्टो रहा तो । पाकिस्तान पक्का कब्रिस्तान बन कर ही रहेगा ।

आमिर शेयद : हम तो मामुलि सरकार है । उसका कुछ बिगाड़ भी नहीं सकते हैं हम । हे अल्लाह अगर तुम मुझे सुन रहे हो तो । मैं तुमसे आज कुछ मांग रहा हूं । तुम ने मेरा सब कुछ छीन लिया है अबु और मेरी अम्मी को । बस ये पाकिस्तान को आजाद कर दो इस अली भुट्टो आंतकवादी से ।

अस्लम खान : हे अल्लाह सुन ले हमारी पुकार ।

(और अब इधर भी मीटिंग चालु ही है ।)

मेजर गमित सिंह : सर हमें तुरंत कोई फर्जी नेशनल आईडेंटिटी कार्ड बनाकर देगा या नहीं । अगर कार्ड नहीं बना तो बहुत रिक्स है ।

मेजर ध्यानचंद : हम कार्ड तो तुरंत बनवा लेंगे तुम उसकी चिंता मत करो ।

कर्नल भार्गव : कार्ड के लिए मैंने कह दिया है । आधे घंटे के अंदर वह हम सब का नेशनल आईडेंटिटी कार्ड बनाकर दे देगा । मुझे बस चिंता हो रहा है वीर अर्जुन का भगवान उनकी रक्षा करे ।

लेफ्टिनेंट कर्नल विवेक कुमार पांडे : सर वो एक बहादुर सैनिक है तो फिर उन्हें रक्षा कि कोई जरुरत नहीं है । हां बस वो अकेले निकल पड़े थे दुश्मनों का खात्मा करने ।

कर्नल भार्गव : वैसे रबी वर्ल्ड कप कब से स्टार्ट हो रहा है । किसी को कुछ मालूम है तो मुझे बताओ ।

मेजर गमित सिंह : सर हमें बहुत बड़े मिशन को अंजाम देने जाना है और आपको अभी खेल के बारे जानना है ।

कर्नल भार्गव : अगर तुम्हें पता है तो बता दो मुझे भी पता है मिशन को अंजाम देने जाना है ।

मेजर गमित सिंह : सर कुछ महीनों बाद रबि वर्ल्ड कप स्टार्ट हो जाएगा । और उसने मेरी फेवरेट टीम जीतेगी भारत ।

कर्नल भार्गव : अच्छा तुम्हारी फेवरेट टीम भारत है सिर्फ तुम्हारी ही नहीं , हम सब की भी भारत फेवरेट टीम है । 12 :30 बजने वाले हैं । सब तैयार रहें हम 1:30 पर पाकिस्तान रवाना हो जाएंगे । पर इतना याद रखिएगा हमारा सिर्फ एक ही टारगेट है अली भुट्टो । ना रहेगी बांस ना बजेगी बांसुरी ।

मेजर गमित सिंह : सर यह वाला डायलॉग तो बहुत पुराना हो गया । ना बजेगी बांस ना बजेगी बांसुरी कुछ नया हो जाए सर ।

मेजर ध्यानचंद : में ही सुना देता हूं । ना रहेगा अली भुट्टो नहीं होगा कोई भी आंतकवादी धमाल । कैसा लगा मेरा शायरी आप सभी को ।

मेजर गमित सिंह : ये कौन सा शायरी है । तुम से अच्छा विवेक कुमार कि शायरी अच्छी है । तुम्हें पता भी है वो कौन है , बहुत बड़े लेखक है उन्होंने 12 साल कि उम्र में 600 से ज्यादा किताबें लिखकर इतिहास रच दिया है और अभी कुल मिलाके उन्होंने 990+ से ज्यादा किताब लिख दिया है । उनकी कभी शायरी पढ़कर देखना । गुगल पर सर्च करना विवेक कुमार पांडे क्वेस्ट अगर पढ़ना हो तो ।

मेजर ध्यानचंद : वो तो मुझे पता है । मैं उनका बहुत बड़ा फैन हूं ।

कर्नल भार्गव : बहुत बात चित हो गया । अब कुछ काम कि बात भी हो जाए ।

सचिन वर्मा : सर मेरा एक सवाल है ?

कर्नल भार्गव : क्या ?

सचिन वर्मा : हमें तो उर्दू भाषा आता ही नहीं है अगर किसी ने हमारे लेंग्वेज का पहचान कर लिया तो ।

कर्नल भार्गव : अपने पास नेशनल आईडेंटिटी कार्ड है फिर क्यों चिंता हो रहा है ।

लेफ्टिनेंट कर्नल विवेक कुमार पांडे : सर पाकिस्तान तो हम जा रहे हैं लेकिन पासपोर्ट पर तो नेशनालिटिस तो इंडियन ही लिखा हुआ है । पासपोर्ट चेकिंग हुआ तो फिर पकड़ें जाएंगे फिर कोई फायदा नहीं होगा नेशनल आईडेंटिटी कार्ड का । उन्हें यहीं लगेगा पासपोर्ट में कुछ अलग और नेशनल आईडेंटिटी कार्ड पर बहुत ही अलग । ये बात किसी ने सोचा भी है या नहीं ।

कर्नल भार्गव : बात तो तुम्हारी सही है विवेक पर बेफिक्र होकर हम पाकिस्तान जाएंगे । अगर उन्होंने पासपोर्ट मांगा तो सभी नेशनल आईडेंटिटी कार्ड दिखाना फिर जो होगा वो देखा जाएगा । बी रेडी फोर मिशन 1972 ।

(वीर अर्जुन कर्नल भार्गव के घर पहुंचते हैं)

वीर अर्जुन : जय हिन्द सर ।

कर्नल भार्गव : जय हिन्द । तुम्हें कुछ हुआ तो नहीं है ना ।

वीर अर्जुन : सर जिसके शरीर पर देश कि वर्दी हो तो फिर डर किस बात का । बस मुझे जरा सा चोट लगा है । मैं बॉर्डर पर तबाही मचाके आया हूं दो तीन पाकिस्तानी सैनिकों को ढेर किया है ।

कर्नल भार्गव : पहले हमला किसने स्टार्ट किया ।

वीर अर्जुन : सर उन लोगों ने पहले मुझ पर हमला करना स्टार्ट किया ।

कर्नल भार्गव : हम पांच लोग जा रहे हैं पाकिस्तान । हम ने प्लानिंग बनाया है । उसे में तुम्हें रास्ते में समझा दुंगा ।

वीर अर्जुन : ठीक है सर ।

(दो बजने में 20 मिनट बाकी था तभी प्रधानमंत्री इंदिरा गांधी ने कर्नल भार्गव के पास फोन किया और कहा)

इंदिरा गांधी : आप सभी को ओल द बेस्ट । मिशन 1972 कम्प्लीट करके आना विजयी भव ।

कर्नल भार्गव : जरूर मिशन 1972 पुरा होगा तभी तो । मिशन कच्छ 1972 कम्प्लीटली पुरा होगा । मिशन कच्छ तो ओल रेडी कम्प्लीट है ।

(फोन रखने के बाद । पांचो सैनिक प्रशतान हो गए । 1 घंटा बाद पाकिस्तान एयरपोर्ट पर पहुंचें । वो पांचों आराम से पाकिस्तान में प्रवेश कर गए । और रिक्शा में बैठ कर फिर वहां से र वाना हुए पाकिस्तान के प्रधानमंत्री के घर जाने के लिए । तभी अचानक कर्नल भार्गव ने देखा एक लड़की सड़क पर सभी से भिख मांग रही थी । वो लड़की कर्नल भार्गव के

रिक्शा के पास आयी और कहने लगी । कर्नल भार्गव ने रिक्शा वाले से कहा रूको)

लड़की : अल्लाह के नाम पर कुछ दे दो चाचा ।

कर्नल भार्गव : बेटा मैं तुम्हें क्या दु ।

लड़की : पैसा

कर्नल भार्गव : क्यों तुम्हें पैसा चाहिए ।

लड़की : ताकि मैं अपने बाबा और मां कि जान बचा सकु । यहां के प्रधानमंत्री आंतकवादी यो को कहते हैं जाओ सभी को बंदी बनाकर रखना और बदले में पैसे कामना । मुझे भी उसमें से 15% देना । उन्होंने मेरे बाबा और मां को भी बंदी बनाकर रखा है । वो सभी के साथ ऐसा ही व्यवहार करता है और मुझसे कहा है कि जा पुरा दिन भर रोड पर भिख मांग और पैसा लाकर मुझे दे । इसलिए मैं भिख मांग रही हुं । अगर ये पाकिस्तान इस अली भुट्टो से आजाद हो जाए तो बहुत अच्छा होगा । बहुत हो गया घुट घुट कर जीना आखिर कब होगा ये आजाद पाकिस्तान ।

कर्नल भार्गव : समझ लो तुम्हारी इच्छा अवश्य पुरा होगा बेटा वो भी आज ।

लड़की : सही में । अल्लाह करे । हम जल्दी आजाद हो ।

लेफ्टिनेंट कर्नल विवेक कुमार पांडे : तुम अब आजाद हो जाओगी ।

(लड़की वहां से चली जाती है । मेजर गमित सिंह कर्नल भार्गव से कहते हैं)

मेजर गमित सिंह : देखा सर आपने कितने कष्ट में है यहां के लोग उनके ही प्रधानमंत्री से ।

कर्नल भार्गव : उसे प्रधानमंत्री मत कहो । वो भी टेरेरिस्ट है एक नंबर का । मुझे लग रहा है आज पाकिस्तान आजाद होगा ही होगा ।

मेजर ध्यानचंद : सर आपको लग रहा है कि होगा आजाद । होकर ही रहेगा पाकिस्तान आजाद इसलिए तो हम आये है ।

(उनकी बातें सुनकर रिक्शा वाला कहने लगा ।)

रिक्शा वाला : आप लोग मजाक तो नहीं कर रहे हैं ना । किसी कि हिम्मत नहीं हुई कि वो उस अली भुट्टो को सबक सिखा पाये । मुझे नहीं लगता है कि पाकिस्तान कभी आजाद होगा ।

वीर अर्जुन : जरुर आजाद होगा पाकिस्तान । तुम हमें सिर्फ उस अली भुट्टो के घर तक छोड़ दो । बस एक यही काम कर दो ।

रिक्शा वाला : ठीक है जनाब लेकिन 1000 रुपया लुंगा ।

वीर अर्जुन : सिर्फ उसके घर जाने का भाडा 1000 रुपया बहुत मंहगा है । कम नहीं हो सकता है । नहीं मेरा नहीं तेरे 500 रूपया ले लो और लेकर चलो ।

रिक्शा वाला : नहीं जनाब इतना कम मे नहीं । 700 रूपया लास्ट बोलीए जनाब जाना है ।

कर्नल भार्गव : ठीक है । चलो तुम 1000 रूपया ही ले लेना , अब चलो ।

(रिक्शा वाला उन्हें अली भुट्टो के घर तक छोड़ देता है । उसके घर के बाहर बहुत ही सिक्योरिटी थी ।)

मेजर ध्यानचंद : सर हम अंदर कैसे जाएंगे ।

कर्नल भार्गव : चुप चाप चलो हम उन्हें कहेंगे जो सीबी और कोहलु पर हमला हुआ उसके बारे में हम जानते हैं ।

(तभी गेट के पास पहुंचते हैं । सिक्योरिटी गार्ड ने उन पांचो को रोका और पुछा)

सिक्योरिटी गार्ड : कहां जा रहे हो । यहां पर क्या काम । किस लिए आए हो ।

कर्नल भार्गव : हमें प्रधानमंत्री से मिलना है ।

सिक्योरिटी गार्ड : पर क्या काम है मिया ।

कर्नल भार्गव : जो पाकिस्तान के सीबी और कोहलु पर हमला हुआ है । उसके बारे में हम जानते हैं । जाओ पुछकर आओ अपने प्रधानमंत्री से वरना हम चले ।

सिक्योरिटी गार्ड : रूकिए में पुछकर आता हूं ।

(सिक्योरिटी गार्ड अंदर जाता है और अली भुट्टो से कहता है)

सिक्योरिटी गार्ड : सर आपसे मिलने पांच लोग आए हैं । कह रहे हैं कि उन्हें सीबी और कोहलु पर किसने हमला किया है उन्हें पता है ।

पाकिस्तानी प्रधानमंत्री : जाओ लेकर आओ अंदर ।

सिक्योरिटी गार्ड : जी सर

(अब अली भुट्टो मन में सोचने लगा । अब मेरे समस्या का समाधान हो जाएगा । सिक्योरिटी गार्ड उन पांचों को अंदर लेके आता है)

मेजर गमित सिंह : में ज़ाकिर नायक । हमे पता है सीबी और कोहलु पर किसने हमला किया है ।

पाकिस्तानी प्रधानमंत्री : पहले बताइए आप सभी क्या खायेंगे ।

कर्नल भार्गव : नहीं हमें कुछ खाना पीना नहीं है ।

पाकिस्तानी प्रधानमंत्री : जनाब आपका नाम ।

कर्नल भार्गव : साहेब हुसैन मेरा नाम है ।

पाकिस्तानी प्रधानमंत्री : तो बताइए हमें । हम भी आज बहुत परेशान हैं । सोच रहा था कि हमला मैंने भारत पर कर वाया लेकिन सीबी और कोहलु पर हमला किसने किया ।

कर्नल भार्गव : हम आपको सच्चाई यहां नहीं बता सकते हैं ।

पाकिस्तानी प्रधानमंत्री : क्यों जनाब अमेरिका में सच्चाई बताएंगे क्या । कितना लेंगे आप सच बोलने के ।

कर्नल भार्गव : नहीं हमें एक पैसा भी नहीं चाहिए । हम सच्चाई यहां नहीं बताएंगे । आपको हमारे साथ चलना पड़ेगा सच्चाई देखने के लिए ।

पाकिस्तानी प्रधानमंत्री : कहा पर बोलिए । करांची या कोहलू ।

कर्नल भार्गव : देखिए बहुत रिक्स वाली जगह है । अगर चलने को तैयार हैं तो ही नाम बताउंगा बोलिए ।

पाकिस्तानी प्रधानमंत्री : अच्छा ठीक है मुझे 2 मिनट चाहिए सोचने के लिए ।

कर्नल भार्गव : देखिए हमारे पास समय नहीं है । आप दो मिनट तीन मिनट मत किजिए । ठीक है हमने आपको पांच मिनट दिया सोचने के लिए । अगर सोच ले तो हमें फिर से बुलाना ।

पाकिस्तानी प्रधानमंत्री : ठीक है ।

(बाहर आने के बाद वीर अर्जुन कर्नल भार्गव से कहते हैं ।)

वीर अर्जुन : सर आप उस टेरेरिस्ट को इतनी इज्जत क्यों दे रहे हैं ।

लेफ्टिनेंट कर्नल विवेक कुमार पांडे : वो कहावत नहीं सुना । काम हो तो गधा को भी बाप कहना पड़ता है ।

कर्नल भार्गव : समझ गए अर्जुन ।

वीर अर्जुन : जी सर । आपको क्या लगता है वो तैयार होगा ।

कर्नल भार्गव : बिल्कुल तैयार होगा ।

(अली भुट्टो बेल बजाकर उन्हें अंदर आने का इशारा देते हैं ।)

पाकिस्तानी प्रधानमंत्री : नाम बताएं उस जगह का जनाब । मैं तैयार हूं जाने के लिए ।

कर्नल भार्गव : आपको भारत चलना पड़ेगा ।

पाकिस्तानी प्रधानमंत्री : ये कैसी वाहियात बात कर रहे हैं । हमला पाकिस्तान के सीबी और कोहलु पर हुआ है ना कि भारत के कोहलू और सीबी पर ।

कर्नल भार्गव : में जानता था । आप ऐसा ही कहोगे । ठीक है तो हम सब चलते । अब आप अपनी कुर्सी बचाइए ।

पाकिस्तानी प्रधानमंत्री : अरे अरे रूकिए मिया । लेकिन भारत में कौन सा सबुत है ।

वीर अर्जुन : तुम चलन चाहते हो या नहीं ।

पाकिस्तानी प्रधानमंत्री : आपको किसी ने रिस्पेक्ट करन

नहीं सिखाया है क्या । बड़े लोगों के साथ कैसे बात करते हैं ।

कर्नल भार्गव : छोड़िए वो बात जाने दिजीए । इंसान से ही गलती होता है । आपको चलना है या नहीं ।

पाकिस्तानी प्रधानमंत्री : मुझे आप लोगों पर सक हो रहा है । कहीं आप हिंदुस्तानी तो नहीं है ना । चलिए आईडेंटिटी कार्ड दिखाइए ।

कर्नल भार्गव : बिल्कुल । ये लिजिए हम सभ का आईडेंटिटी कार्ड । मिल गईं तसल्ली हम पाकिस्तानी है जनाब । हमारा समय बर्बाद ना करें साफ साफ बताइए जाना है या नहीं ।

पाकिस्तानी प्रधानमंत्री : (हंसते हुए) जनाब आप को पता भी है । अगर हम भारत चले गए तो बहुत अफरा तफरी मच जाएगी ।

कर्नल भार्गव : आप हमें घुमाइए मत आपको जाना है तो कहीए हा वरना नहीं जाना तो हम चले ।

पाकिस्तानी प्रधानमंत्री : ठीक है । कब से चलना है । अभी या फिर कल ।

कर्नल भार्गव : अभी ही जाना है । आप तैयार होकर बाहर आए । हम सभ बाहर इंतजार कर रहे हैं ।

पाकिस्तानी प्रधानमंत्री : जी हुजूर ।

(बाहर आकर कर्नल भार्गव उन से कहते हैं ।)

कर्नल भार्गव : आने दो तब तक हम उनके चारों घर के साइड बम फिट कर देते हैं । साथ में इनका संगठन भी खत्म हो जाएगा ।

(चारों साइड बोम फिट कर देते हैं । अली भुट्टो तैयार होकर बाहर आता है ।)

पाकिस्तानी प्रधानमंत्री : चले जनाब ।

कर्नल भार्गव : हां चले ।

(कराची से फ्लाइट पकड़ भारत जाने के लिए प्रशथान हो जाते हैं । कुछ घंटों बाद भारत पहुंच जाते हैं । उन्हें रेड फोर्ट के पास ही इंदिरा गांधी का घर था । वहां पर लेकर पहुंचे हैं ।)

इंदिरा गांधी : जी नमस्ते । भारत में आपका स्वागत है ।

पाकिस्तानी प्रधानमंत्री : अस्सलाम वालेकुम ।

इंदिरा गांधी : तो आपके लिए क्या मंगवाऊ गर्म या ठंडा ।

पाकिस्तानी प्रधानमंत्री : नहीं मुझे कुछ भी नहीं पीना है बस में यह जानने के लिए भारत आया हूं किसने कोल्हू और सीबी पर हमला किसने किया ।

इंदिरा गांधी : ओ तो यह जानने के लिए आए हो आप । ठीक है बताती हूं । (इंदिरा गांधी जोर से आवाज देती है रिपोर्ट आप सभी अंदर आ जाइए)

पाकिस्तानी प्रधानमंत्री : ये सभ क्या मज़ाक है ।

इंदिरा गांधी : और जो तुम ने सुबह 2 बजे किया था वो क्या था ।

(फिर मीडिया वालों से कहती है इंदिरा गांधी लाइव प्रसारण टीवी पर चालु कर दिजीए आप सभी)

(सभी लोग लाईव प्रसारण देखने लगे और पाकिस्तान भी लाईव प्रसारण में सामिल था ।)

पाकिस्तानी प्रधानमंत्री : तो तुम लोग मुझे इसलिए लाए हो । तुम मेरा कुछ नहीं बिगाड़ सकते हो ।

लेफ्टिनेंट कर्नल विवेक कुमार पांडे : आज तो बहुत कुछ बिगड़ेगा तेरा और पाकिस्तान आजाद हो जाएगा तेरी दरिंदगी से ।

इंदिरा गांधी : बंदुक लेकर आईए । इस राक्षस का खात्मा करना है ।

लेफ्टिनेंट कर्नल विवेक कुमार पांडे : नहीं मेम इसे में अपने हाथों से मारूंगा । आप अपना हाथ ख़राब ना करें । इस ने बहुत से मासुम से लोगों कि जान ली है । आज इसकी ही बारी

है ।

(यह सब कुछ टीवी पर लाइव प्रसारण हो रहा था । विवेक कुमार बंदुक लेकर आए ओर ठोक दिया उस अली भुट्टो को और कहा अब पाकिस्तान आजाद हो गया । मानो कि पाकिस्तान में खुशी कि लहर उठ पड़ी । साथ ही साथ अली भुट्टो कि संगठन को भी बोम से तबाह कर दिया ।)

लेफ्टिनेंट कर्नल विवेक कुमार पांडे : मैम हमने अपना मिशन 1972 कंप्लीट कर लिया ।

इंदिरा गांधी : हां । अब कोई भी आंतकवादी हमला नहीं होगा । कल आप सभी को सम्मानित किया जाएगा । आपने देश कि भी रक्षा कि और अपने ही नहीं दुसरे देश के नागरिकों कि भी रक्षा किया । सलाम है आप सभी को ।

(लेकिन अब पाकिस्तान का प्रधानमंत्री कौन बनेगा मीडिया वालों ने पाकिस्तानी नागरिकों से पुछा ।)

स्थानीय निवासी : कोई भी प्रधानमंत्री बने पर उस अली भुट्टो जैसा प्रधानमंत्री ना आए तो ठीक है । मेरे ख्याल से जो हिंदुस्तान ने किया है हमारे लिए हम सभी उनका शुक्रगुजार हैं । बहुत ही अच्छा काम किया । हे अल्लाह उन पर रहमत बनाए रखना । और एक बात मैं कवि विवेक कुमार पांडे का बहुत बड़ा फैन हूं ।

[कहते हैं ना साथ मिलकर रहे तो कोई हिन्दू नहीं कोई मुस्लिम नही । सब लोग एकता में रहे]

(आखिर वह दिन आ ही गया । इंदिरा गांधी ने विवेक कुमार और कर्नल भार्गव , वीर अर्जुन , मेजर गमित सिंह , मेजर ध्यानचंद , सचिन वर्मा को पद्म श्री से सम्मानित किया । सम्मानित होने के बाद वापस कच्छ बोर्डर पर लौट गए क्योंकि वहां पर उन लोगों कि पोसटींग थी ।)

मेजर गमित सिंह : अर्जुन तुम्हें सबसे अच्छा क्या लगा ।

वीर अर्जुन : मुझे सबसे अच्छा ये स्टोरी लगा । जिस में हमने सैनिक का रोल किया । मैं धन्यवाद करना चाहूंगा लेखक विवेक कुमार पांडे जी का । पता नहीं कैसे इतना जबरदस्त स्टोरी लिख देते हैं । फिर मिलेंगे नयी कहानी के साथ अभी के लिए बाय बाय ।

जय हिन्द जय भारत ...

****** ।।। समाप्त ।।। *******

उम्मीद है आप सभी को ये कहानी बहुत ही अच्छा लगा होगा । इसका सारा श्रेय जाता है मेरे पिता जी को । आज अगर वो रहते तो उन्हें बहुत ख़ुशी होती । वो हमेशा से मेरे साथ रहेंगे । लव यू पापा । मैं विवेक कुमार पांडे आप सभी को खुब खुब अभिनंदन करता हूं धन्यवाद । फिर मिलेंगे नयी कहानी के साथ .। आप मेरा और अपनों का साथ बनाएं रखियेगा ।

*** // * धन्यवाद * // ***

(प्रधानमंत्री के घर के बाहर मिडिया वालो कि लाइन लगी थी यह जानने के लिए आखिर कच्छ में कैसे 70 से ज्यादा लोग मारे गए , आखिर किसने ये हमला करवाया .।)

(मीडिया वालों के सामने विवेक ने उस आतंक वादी का एनकाउंटर कर दिया और मीडिया वालों से कहा हमने अपना बदला ले लिया है उन्होंने हमारे 70 भारतीय नागरिक को मारा हमने 100 से ज्यादा पाकिस्तानी यो को ढेर कर दिया । जय हिन्द जय भारत ।)

(तभी मीडिया वालों ने इंदिरा गांधी से पुछा प्रधानमंत्री जी आप इस पर क्या राय देना चाहतीं हैं, इंदिरा गांधी ने कहा .।)

प्रधानमंत्री इंदिरा गांधी : बस इतना ही कहुंगी पाकिस्तानी प्रधानमंत्री ज़ुल्फ़िकार अली भुट्टो से . आज अच्छे से मेहमानों को दावत खिलाना और कम पड़े तो खाना मे भेज दुंगी टिफिन से पार्सल सिधा पाकिस्तान.। अब मिशन सक्सेसफुल होगा . "मिशन कच्छ 1972".

(11:00 बजने वाले थे पाकिस्तानी प्रधानमंत्री के घर सभी मेहमान आ गए थे.)

अस्लम खान : लेकिन आपने दावत किस खुशी में रखी है आज नहीं तो आपका जन्मदिन है नहीं मेरा जन्मदिन है ,और आज कोई त्यौहार भी नहीं फिर ये दावत किस बात के लिए .

पाकिस्तानी प्रधानमंत्री : नहीं यह दावत मेरा जन्मदिन के लिए नहीं तुम्हारे जन्मदिन के लिए यह दावत हमने भारत के लिए रखा है.

अस्लम खान : भारत के लोगों का, तो इस दावत में भारत के लोग भी आ रहे हैं क्या.

पाकिस्तानी प्रधानमंत्री : मैंने अपने आदमियों को कहकर भारत पर हमला करवाया करीब 70 से ज्यादा लोगों को पहले हमने हाईजैक किया फिर उन्हें उसी प्लेन में बैठा कर बम फिट कर प्लेन ब्लास्ट कर दिया. बस इसी खुशी में, मैंने सभी को अपने घर दावत पर बुलाया है और कोई खास वजह नहीं है न्यूज़ देखा करिए जनाब.।

अस्लम खान : वैसे हम न्यूज़ तो अक्सर देखा करते हैं वैसे आपके पास इतना दिमाग कहां से आया जनाब.।

पाकिस्तानी प्रधानमंत्री : जनाब हमने पाकिस्तान के बादाम खाएं और यहां हर पाकिस्तानियों का दिमाग मेरे जैसा ही चलता है, इसीलिए मैं प्रधानमंत्री हूं और तुम मुख्यमंत्री समझे .।

आमिर शेयद : अच्छा क्या क्या मंगवाया है आपने खाना में

पाकिस्तानी प्रधानमंत्री : मटन कोरमा ,शाही नवाब, टीका नवाब, काबुली चना, शाही बिरियानी खाने के तो आइटम तो बहुत सारे ,आपको जितना मन करें उतना खाएं और कम पड़े तो घर भी लेकर जाए सबको खिलाये इस खुशी के मौके पर .।

आमिर शेयद : जरूर , खुशी का मुकाम थोड़ी छोड़ सकते हैं . और बताइए इस बार तो मुझे चुनाव का टिकट तो मिल जाएगा ना .।

पाकिस्तानी प्रधानमंत्री : क्यों नहीं, मिल जाएगा टिकट इस बार.

आमिर शेयद : हर बार का यही है कहते हो लेकिन करते नहीं लेकिन इस बार पक्का मुझे टिकट दिलवा देना चुनाव का .।

पाकिस्तानी प्रधानमंत्री : इस बार पक्का तुम्हें में टिकट दिलवा लूंगा चुनाव का.।

(पाकिस्तान में हंगामा जोरों शोरों से चल रहा था, मीडिया में अखबार में बस यही खबर छपा था कि आखिर कोहलू और सीबी पर किसने हमला किया , और इधर पाकिस्तान के प्रधानमंत्री आराम से अपने सभी मंत्रियों के साथ जश्न मना रहे थे .)

पाकिस्तानी प्रधानमंत्री : (सभी से कहते हैं) सभी लोग पेट भर कर खाइए गा कुछ जल्दी नहीं है हमें, आराम से खाइए गा खाना कम नहीं पड़ेगा .

(सभी भोजन कर के सोफा पर बैठ कर आराम करते करते आपस में बात चीत कर रहे थे . तभी मुख्यमंत्री का बेटा जीद करने लगा अब्बा टीवी चालू करवाओ ना मुझे कार्टून देखना है , नहीं बेटा हम सभी बात कर रहे हैं और तु टीवी चालू करेगा तो शोर होगा चल घर पर देख लेना , तभी पाकिस्तानी प्रधानमंत्री ने कहा अरे कोई बात नहीं जनाब चालू कर वा देता हूं बच्चा ही तो है .। टीवी चालू कर वा के उस बच्चे के हाथ में रिमोट दे दिया और बच्चा आराम से कार्टुन देखने लगा .

(थोड़ी देर बाद उसने चैनल चैंज किया और न्युज चैनल लगा दिया , टीवी में न्युज आ रहा था कि , दावा किया जा रहा है कि अपने प्रधानमंत्री ने ये हमला कर वाया है. आखिर किसने कोहलू और सीबी पर हमला किया ? कहां गये यहां के लोग ? आखिर प्रधानमंत्री एक्सन क्यों नहीं ले रहे हैं ? क्या प्रधानमंत्री इस हमले से ख़ुश हैं ? यहां आस पास के लोगों का दावा है कि लगभग 1000+ से ज्यादा लोग रहते थे कहा गये वो लोग . उस रिपोर्ट को पता नहीं था कि वो कहां पर जाके रिपोर्टिंग कर रही थी . रिपोर्टिंग के बाद कुछ आंतकवादीयो ने उस रिपोर्ट और साथ में गए सभी टीम के मेमर को वहीं खत्म कर दिया .। ये सभ कुछ देखकर सभी मंत्रियों और प्रधानमंत्री कि आंखे फटे कि फटे रह गई । पाकिस्तान में हर तरफ़ ज़ुल्फ़िकार अली भुट्टो मुर्दा बाद मुर्दा बाद के नारे लग रहे थे .)

अस्लम खान : है अल्लाह अरे ये कैसे हो गया . तुमने हमें इस खुशी में दावत दिया था ।

आमिर शेयद : अलि भुट्ट जी लेकिन आप तो बोल रहे थे हमने 70 से ज्यादा भारतीयों को मारा है और इधर पासा तो उल्टा ही पड़ गया । सौ के बदले हजार । अब हम कल कैसे उन पर हमला कर सकते हैं हमारे सारे आदमी तो खत्म हो गए ।

पाकिस्तानी प्रधानमंत्री : हां बोला तो था । लेकिन ये सब कुछ हुआ कैसे ।

अस्लम खान : हुआ कैसे क्या । आपने भारत पर हमला कर वाया और भारत ने हमारे पाकिस्तान पर हमला कर वाया हिसाब तो बराबर हुआ जनाब । बोला था कि ऐसा काम मत करीए ।

पाकिस्तानी प्रधानमंत्री : ऐ मंत्री तुम सिर्फ अपनी कुर्सी संभालो । मेरी कुर्सी पर बैठने कि जरूरत नहीं है तुम्हें । आखिर ये हुआ कैसे .

आमिर शेयद : अब तो लोग आपका विरोध कर रहे हैं जनाब ।

पाकिस्तानी प्रधानमंत्री : आप सभी कृपया कर के मुझे अकेला छोड़ दे ।

(वैसे भी अली भुट्टो पर बहुत सारे पुलिस कैस है पर उसे कोई जेल में भी बंद नहीं कर सकता था क्योंकि वो पाकिस्तान का प्रधानमंत्री था । अस्लम खान ने सभी से कहा सभी चले मेरे घर पर अर्ज़नट मीटिंग है । अली भुट्टो कहता है । हां लेकर जाओ सभी को मुझे अकेला छोड़ दो ।सभी लोग अपने-अपने घर चले जाते हैं । ज़ुल्फ़िकार अली भुट्टो आराम से बैठकर सोचते हैं , मेरा निशाना कैसे चुंक गया ।)

अस्लम खान : अगर ये अली भुट्टो रहा तो । पाकिस्तान पक्का कब्रिस्तान बन कर ही रहेगा ।

आमिर शेयद : हम तो मामुलि सरकार है । उसका कुछ बिगाड़ भी नहीं सकते हैं हम । हे अल्लाह अगर तुम मुझे सुन रहे हो तो । मैं तुमसे आज कुछ मांग रहा हूं । तुम ने मेरा सब कुछ छीन लिया है अबु और मेरी अम्मी को । बस ये पाकिस्तान को आजाद कर दो इस अली भुट्टो आंतकवादी से ।

अस्लम खान : हे अल्लाह सुन ले हमारी पुकार ।

(और अब इधर भी मीटिंग चालु ही है ।)

मेजर गमित सिंह : सर हमें तुरंत कोई फर्जी नेशनल आईडेंटिटी कार्ड बनाकर देगा या नहीं । अगर कार्ड नहीं बना तो बहुत रिक्स है ।

मेजर ध्यानचंद : हम कार्ड तो तुरंत बनवा लेंगे तुम उसकी चिंता मत करो ।

कर्नल भार्गव : कार्ड के लिए मैंने कह दिया है । आधे घंटे के अंदर वह हम सब का नेशनल आईडेंटिटी कार्ड बनाकर दे देगा । मुझे बस चिंता हो रहा है वीर अर्जुन का भगवान उनकी रक्षा करे ।

लेफ्टिनेंट कर्नल विवेक कुमार पांडे : सर वो एक बहादुर सैनिक है तो फिर उन्हें रक्षा कि कोई जरुरत नहीं है । हां बस वो अकेले निकल पड़े थे दुश्मनों का खात्मा करने ।

कर्नल भार्गव : वैसे रबी वर्ल्ड कप कब से स्टार्ट हो रहा है । किसी को कुछ मालूम है तो मुझे बताओ ।

मेजर गमित सिंह : सर हमें बहुत बड़े मिशन को अंजाम देने जाना है और आपको अभी खेल के बारे जानना है ।

कर्नल भार्गव : अगर तुम्हें पता है तो बता दो मुझे भी पता है मिशन को अंजाम देने जाना है ।

मेजर गमित सिंह : सर कुछ महीनों बाद रबि वर्ल्ड कप स्टार्ट हो जाएगा । और उसने मेरी फेवरेट टीम जीतेगी भारत ।

कर्नल भार्गव : अच्छा तुम्हारी फेवरेट टीम भारत है सिर्फ तुम्हारी ही नहीं , हम सब की भी भारत फेवरेट टीम है । 12 :30 बजने वाले हैं । सब तैयार रहें हम 1:30 पर पाकिस्तान रवाना हो जाएंगे । पर इतना याद रखिएगा हमारा सिर्फ एक ही टारगेट है अली भुट्टो । ना रहेगी बांस ना बजेगी बांसुरी ।

मेजर गमित सिंह : सर यह वाला डायलॉग तो बहुत पुराना हो गया । ना बजेगी बांस ना बजेगी बांसुरी कुछ नया हो जाए सर ।

मेजर ध्यानचंद : में ही सुना देता हूं । ना रहेगा अली भुट्टो नहीं होगा कोई भी आंतकवादी धमाल । कैसा लगा मेरा शायरी आप सभी को ।

मेजर गमित सिंह : ये कौन सा शायरी है । तुम से अच्छा विवेक कुमार कि शायरी अच्छी है । तुम्हें पता भी है वो कौन है , बहुत बड़े लेखक है उन्होंने 12 साल कि उम्र में 600 से ज्यादा किताबें लिखकर इतिहास रच दिया है और अभी कुल मिलाके उन्होंने 990+ से ज्यादा किताब लिख दिया है । उनकी कभी शायरी पढ़कर देखना । गुगल पर सर्च करना विवेक कुमार पांडे क्वेस्ट अगर पढ़ना हो तो ।

मेजर ध्यानचंद : वो तो मुझे पता है । मैं उनका बहुत बड़ा फैन हूं ।

कर्नल भार्गव : बहुत बात चित हो गया । अब कुछ काम कि बात भी हो जाए ।

सचिन वर्मा : सर मेरा एक सवाल है ?

कर्नल भार्गव : क्या ?

सचिन वर्मा : हमें तो उर्दू भाषा आता ही नहीं है अगर किसी ने हमारे लेंग्वेज का पहचान कर लिया तो ।

कर्नल भार्गव : अपने पास नेशनल आईडेंटिटी कार्ड है फिर क्यों चिंता हो रहा है ।

लेफ्टिनेंट कर्नल विवेक कुमार पांडे : सर पाकिस्तान तो हम जा रहे हैं लेकिन पासपोर्ट पर तो नेशनालिटिस तो इंडियन ही लिखा हुआ है । पासपोर्ट चेकिंग हुआ तो फिर पकड़ें जाएंगे फिर कोई फायदा नहीं होगा नेशनल आईडेंटिटी कार्ड का । उन्हें यहीं लगेगा पासपोर्ट में कुछ अलग और नेशनल आईडेंटिटी कार्ड पर बहुत ही अलग । ये बात किसी ने सोचा भी है या नहीं ।

कर्नल भार्गव : बात तो तुम्हारी सही है विवेक पर बेफिक्र होकर हम पाकिस्तान जाएंगे । अगर उन्होंने पासपोर्ट मांगा तो सभी नेशनल आईडेंटिटी कार्ड दिखाना फिर जो होगा वो देखा जाएगा । बी रेडी फोर मिशन 1972 ।

(वीर अर्जुन कर्नल भार्गव के घर पहुंचते हैं)

वीर अर्जुन : जय हिन्द सर ।

कर्नल भार्गव : जय हिन्द । तुम्हें कुछ हुआ तो नहीं है ना ।

वीर अर्जुन : सर जिसके शरीर पर देश कि वर्दी हो तो फिर डर किस बात का । बस मुझे जरा सा चोट लगा है । मैं बॉर्डर पर तबाही मचाके आया हूं दो तीन पाकिस्तानी सैनिकों को ढेर किया है ।

कर्नल भार्गव : पहले हमला किसने स्टार्ट किया ।

वीर अर्जुन : सर उन लोगों ने पहले मुझ पर हमला करना स्टार्ट किया ।

कर्नल भार्गव : हम पांच लोग जा रहे हैं पाकिस्तान । हम ने प्लानिंग बनाया है । उसे में तुम्हें रास्ते में समझा दुंगा ।

वीर अर्जुन : ठीक है सर ।

(दो बजने में 20 मिनट बाकी था तभी प्रधानमंत्री इंदिरा गांधी ने कर्नल भार्गव के पास फोन किया और कहा)

इंदिरा गांधी : आप सभी को ओल द बेस्ट । मिशन 1972 कम्प्लीट करके आना विजयी भव ।

कर्नल भार्गव : जरूर मिशन 1972 पुरा होगा तभी तो । मिशन कच्छ 1972 कम्प्लीटली पुरा होगा । मिशन कच्छ तो ओल रेडी कम्प्लीट है ।

(फोन रखने के बाद । पांचो सैनिक प्रशतान हो गए । 1 घंटा बाद पाकिस्तान एयरपोर्ट पर पहुंचें । वो पांचों आराम से पाकिस्तान में प्रवेश कर गए । और रिक्शा में बैठ कर फिर वहां से र वाना हुए पाकिस्तान के प्रधानमंत्री के घर जाने के लिए । तभी अचानक कर्नल भार्गव ने देखा एक लड़की सड़क पर सभी से भिख मांग रही थी । वो लड़की कर्नल भार्गव के रिक्शा के पास आयी और कहने लगी । कर्नल भार्गव ने रिक्शा वाले से कहा रूको)

लड़की : अल्लाह के नाम पर कुछ दे दो चाचा ।

कर्नल भार्गव : बेटा मैं तुम्हें क्या दु ।

लड़की : पैसा

कर्नल भार्गव : क्यों तुम्हें पैसा चाहिए ।

लड़की : ताकि मैं अपने बाबा और मां कि जान बचा सकु । यहां के प्रधानमंत्री आंतकवादी यो को कहते हैं जाओ सभी को बंदी बनाकर रखना और बदले में पैसे कामना । मुझे भी उसमें से 15% देना । उन्होंने मेरे बाबा और मां को भी बंदी बनाकर रखा है । वो सभी के साथ ऐसा ही व्यवहार करता है और मुझसे कहा है कि जा पुरा दिन भर रोड पर भिख मांग और पैसा लाकर मुझे दे । इसलिए मैं भिख मांग रही हुं । अगर ये पाकिस्तान इस अली भुट्टो से आजाद हो जाए तो बहुत अच्छा होगा । बहुत हो गया घुट घुट कर जीना आखिर कब होगा ये आजाद पाकिस्तान ।

कर्नल भार्गव : समझ लो तुम्हारी इच्छा अवश्य पुरा होगा बेटा वो भी आज ।

लड़की : सही में । अल्लाह करे । हम जल्दी आजाद हो ।

लेफ्टिनेंट कर्नल विवेक कुमार पांडे : तुम अब आजाद हो जाओगी ।

(लड़की वहां से चली जाती है । मेजर गमित सिंह कर्नल भार्गव से कहते हैं)

मेजर गमित सिंह : देखा सर आपने कितने कष्ट में है यहां के लोग उनके ही प्रधानमंत्री से ।

कर्नल भार्गव : उसे प्रधानमंत्री मत कहो । वो भी टेररिस्ट है एक नंबर का । मुझे लग रहा है आज पाकिस्तान आजाद होगा ही होगा ।

मेजर ध्यानचंद : सर आपको लग रहा है कि होगा आजाद । होकर ही रहेगा पाकिस्तान आजाद इसलिए तो हम आये है ।

(उनकी बातें सुनकर रिक्शा वाला कहने लगा ।)

रिक्शा वाला : आप लोग मजाक तो नहीं कर रहे हैं ना । किसी कि हिम्मत नहीं हुई कि वो उस अली भुट्टो को सबक सिखा पाये । मुझे नहीं लगता है कि पाकिस्तान कभी आजाद होगा ।

वीर अर्जुन : जरुर आजाद होगा पाकिस्तान । तुम हमें सिर्फ उस अली भुट्टो के घर तक छोड़ दो । बस एक यही काम कर दो ।

रिक्शा वाला : ठीक है जनाब लेकिन 1000 रुपया लुंगा ।

वीर अर्जुन : सिर्फ उसके घर जाने का भाडा 1000 रुपया बहुत मंहगा है । कम नहीं हो सकता है । नहीं मेरा नहीं तेरे 500 रूपया ले लो और लेकर चलो ।

रिक्शा वाला : नहीं जनाब इतना कम मे नहीं । 700 रूपया लास्ट बोलीए जनाब जाना है ।

कर्नल भार्गव : ठीक है । चलो तुम 1000 रूपया ही ले लेना , अब चलो ।

(रिक्शा वाला उन्हें अली भुट्टो के घर तक छोड़ देता है । उसके घर के बाहर बहुत ही सिक्योरिटी थी ।)

मेजर ध्यानचंद : सर हम अंदर कैसे जाएंगे ।

कर्नल भार्गव : चुप चाप चलो हम उन्हें कहेंगे जो सीबी और कोहलु पर हमला हुआ उसके बारे में हम जानते हैं ।

(तभी गेट के पास पहुंचते हैं । सिक्योरिटी गार्ड ने उन पांचो को रोका और पुछा)

सिक्योरिटी गार्ड : कहां जा रहे हो । यहां पर क्या काम । किस लिए आए हो ।

कर्नल भार्गव : हमें प्रधानमंत्री से मिलना है ।

सिक्योरिटी गार्ड : पर क्या काम है मिया ।

कर्नल भार्गव : जो पाकिस्तान के सीबी और कोहलु पर हमला हुआ है । उसके बारे में हम जानते हैं । जाओ पुछकर आओ अपने प्रधानमंत्री से वरना हम चले ।

सिक्योरिटी गार्ड : रूकिए में पुछकर आता हूं ।

(सिक्योरिटी गार्ड अंदर जाता है और अली भुट्टो से कहता है)

सिक्योरिटी गार्ड : सर आपसे मिलने पांच लोग आए हैं । कह रहे हैं कि उन्हें सीबी और कोहलु पर किसने हमला किया है उन्हें पता है ।

पाकिस्तानी प्रधानमंत्री : जाओ लेकर आओ अंदर ।

सिक्योरिटी गार्ड : जी सर

(अब अली भुट्टो मन में सोचने लगा । अब मेरे समस्या का समाधान हो जाएगा । सिक्योरिटी गार्ड उन पांचों को अंदर लेके आता है)

मेजर गमित सिंह : में ज़ाकिर नायक । हमे पता है सीबी और कोहलु पर किसने हमला किया है ।

पाकिस्तानी प्रधानमंत्री : पहले बताइए आप सभी क्या खायेंगे ।

कर्नल भार्गव : नहीं हमें कुछ खाना पीना नहीं है ।

पाकिस्तानी प्रधानमंत्री : जनाब आपका नाम ।

कर्नल भार्गव : साहेब हुसैन मेरा नाम है ।

पाकिस्तानी प्रधानमंत्री : तो बताइए हमें । हम भी आज बहुत परेशान हैं । सोच रहा था कि हमला मैंने भारत पर कर वाया लेकिन सीबी और कोहलु पर हमला किसने किया ।

कर्नल भार्गव : हम आपको सच्चाई यहां नहीं बता सकते हैं ।

पाकिस्तानी प्रधानमंत्री : क्यों जनाब अमेरिका में सच्चाई बताएंगे क्या । कितना लेंगे आप सच बोलने के ।

कर्नल भार्गव : नहीं हमें एक पैसा भी नहीं चाहिए । हम सच्चाई यहां नहीं बताएंगे । आपको हमारे साथ चलना पड़ेगा सच्चाई देखने के लिए ।

पाकिस्तानी प्रधानमंत्री : कहा पर बोलिए । करांची या कोहलू ।

कर्नल भार्गव : देखिए बहुत रिक्स वाली जगह है । अगर चलने को तैयार हैं तो ही नाम बताउंगा बोलिए ।

पाकिस्तानी प्रधानमंत्री : अच्छा ठीक है मुझे 2 मिनट चाहिए सोचने के लिए ।

कर्नल भार्गव : देखिए हमारे पास समय नहीं है । आप दो मिनट तीन मिनट मत किजिए । ठीक है हमने आपको पांच मिनट दिया सोचने के लिए । अगर सोच ले तो हमें फिर से बुलाना ।

पाकिस्तानी प्रधानमंत्री : ठीक है ।

(बाहर आने के बाद वीर अर्जुन कर्नल भार्गव से कहते हैं ।)

वीर अर्जुन : सर आप उस टेररिस्ट को इतनी इज्जत क्यों दे रहे हैं ।

लेफ्टिनेंट कर्नल विवेक कुमार पांडे : वो कहावत नहीं सुना । काम हो तो गधा को भी बाप कहना पड़ता है ।

कर्नल भार्गव : समझ गए अर्जुन ।

वीर अर्जुन : जी सर । आपको क्या लगता है वो तैयार होगा ।

कर्नल भार्गव : बिल्कुल तैयार होगा ।

(अली भुट्टो बेल बजाकर उन्हें अंदर आने का इशारा देते हैं ।)

पाकिस्तानी प्रधानमंत्री : नाम बताएं उस जगह का जनाब । मैं तैयार हूं जाने के लिए ।

कर्नल भार्गव : आपको भारत चलना पड़ेगा ।

पाकिस्तानी प्रधानमंत्री : ये कैसी वाहियात बात कर रहे हैं । हमला पाकिस्तान के सीबी और कोहलु पर हुआ है ना कि भारत के कोहलू और सीबी पर ।

कर्नल भार्गव : में जानता था । आप ऐसा ही कहोगे । ठीक है तो हम सब चलते । अब आप अपनी कुर्सी बचाइए ।

पाकिस्तानी प्रधानमंत्री : अरे अरे रूकिए मिया । लेकिन भारत में कौन सा सबुत है ।

वीर अर्जुन : तुम चलन चाहते हो या नहीं ।

पाकिस्तानी प्रधानमंत्री : आपको किसी ने रिस्पेक्ट करन

नहीं सिखाया है क्या । बड़े लोगों के साथ कैसे बात करते हैं ।

कर्नल भार्गव : छोड़िए वो बात जाने दिजीए । इंसान से ही गलती होता है । आपको चलना है या नहीं ।

पाकिस्तानी प्रधानमंत्री : मुझे आप लोगों पर सक हो रहा है । कहीं आप हिंदुस्तानी तो नहीं है ना । चलिए आईडेंटिटी कार्ड दिखाइए ।

कर्नल भार्गव : बिल्कुल । ये लिजिए हम सभ का आईडेंटिटी कार्ड । मिल गईं तसल्ली हम पाकिस्तानी है जनाब । हमारा समय बर्बाद ना करें साफ साफ बताइए जाना है या नहीं ।

पाकिस्तानी प्रधानमंत्री : (हंसते हुए) जनाब आप को पता भी है । अगर हम भारत चले गए तो बहुत अफरा तफरी मच जाएगी ।

कर्नल भार्गव : आप हमें घुमाइए मत आपको जाना है तो कहीए हा वरना नहीं जाना तो हम चले ।

पाकिस्तानी प्रधानमंत्री : ठीक है । कब से चलना है । अभी या फिर कल ।

कर्नल भार्गव : अभी ही जाना है । आप तैयार होकर बाहर आए । हम सभ बाहर इंतजार कर रहे हैं ।

पाकिस्तानी प्रधानमंत्री : जी हुजूर ।

(बाहर आकर कर्नल भार्गव उन से कहते हैं ।)

कर्नल भार्गव : आने दो तब तक हम उनके चारों घर के साइड बम फिट कर देते हैं । साथ में इनका संगठन भी खत्म हो जाएगा ।

(चारों साइड बोम फिट कर देते हैं । अली भुट्टो तैयार होकर बाहर आता है ।)

पाकिस्तानी प्रधानमंत्री : चले जनाब ।

कर्नल भार्गव : हां चले ।

(कराची से फ्लाइट पकड़ भारत जाने के लिए प्रशथान हो जाते हैं । कुछ घंटों बाद भारत पहुंच जाते हैं । उन्हें रेड फोर्ट के पास ही इंदिरा गांधी का घर था । वहां पर लेकर पहुंचे हैं ।)

इंदिरा गांधी : जी नमस्ते । भारत में आपका स्वागत है ।

पाकिस्तानी प्रधानमंत्री : अस्सलाम वालेकुम ।

इंदिरा गांधी : तो आपके लिए क्या मंगवाऊ गर्म या ठंडा ।

पाकिस्तानी प्रधानमंत्री : नहीं मुझे कुछ भी नहीं पीना है बस में यह जानने के लिए भारत आया हूं किसने कोल्हू और सीबी पर हमला किसने किया ।

इंदिरा गांधी : ओ तो यह जानने के लिए आए हो आप । ठीक है बताती हूं । (इंदिरा गांधी जोर से आवाज देती है रिपोर्ट आप सभी अंदर आ जाइए)

पाकिस्तानी प्रधानमंत्री : ये सभ क्या मज़ाक है ।

इंदिरा गांधी : ओर जो तुम ने सुबह 2 बजे किया था वो क्या था ।

(फिर मीडिया वालों से कहती है इंदिरा गांधी लाइव प्रसारण टीवी पर चालु कर दिजीए आप सभी)

(सभी लोग लाईव प्रसारण देखने लगे और पाकिस्तान भी लाईव प्रसारण में सामिल था ।)

पाकिस्तानी प्रधानमंत्री : तो तुम लोग मुझे इसलिए लाए हो । तुम मेरा कुछ नहीं बिगाड़ सकते हो ।

लेफ्टिनेंट कर्नल विवेक कुमार पांडे : आज तो बहुत कुछ बिगड़ेगा तेरा और पाकिस्तान आजाद हो जाएगा तेरी दरिंदगी से ।

इंदिरा गांधी : बंदुक लेकर आईए । इस राक्षस का खात्मा करना है ।

लेफ्टिनेंट कर्नल विवेक कुमार पांडे : नहीं मेम इसे में अपने हाथों से मारूंगा । आप अपना हाथ ख़राब ना करें । इस ने बहुत से मासुम से लोगों कि जान ली है । आज इसकी ही बारी है ।

(यह सब कुछ टीवी पर लाइव प्रसारण हो रहा था । विवेक कुमार बंदुक लेकर आए ओर ठोक दिया उस अली भुट्टो को और कहा अब पाकिस्तान आजाद हो गया । मानो कि पाकिस्तान में खुशी कि लहर उठ पड़ी । साथ ही साथ अली भुट्टो कि संगठन को भी बोम से तबाह कर दिया ।)

लेफ्टिनेंट कर्नल विवेक कुमार पांडे : मैम हमने अपना मिशन 1972 कंप्लीट कर लिया ।

इंदिरा गांधी : हां । अब कोई भी आंतकवादी हमला नहीं होगा । कल आप सभी को सम्मानित किया जाएगा । आपने देश कि भी रक्षा कि और अपने ही नहीं दुसरे देश के नागरिकों कि भी रक्षा किया । सलाम है आप सभी को ।

(लेकिन अब पाकिस्तान का प्रधानमंत्री कौन बनेगा मीडिया वालों ने पाकिस्तानी नागरिकों से पुछा ।)

स्थानीय निवासी : कोई भी प्रधानमंत्री बने पर उस अली भुट्टो जैसा प्रधानमंत्री ना आए तो ठीक है । मेरे ख्याल से जो हिंदुस्तान ने किया है हमारे लिए हम सभी उनका शुक्रगुजार हैं । बहुत ही अच्छा काम किया । हे अल्लाह उन पर रहमत बनाए रखना । और एक बात मैं कवि विवेक कुमार पांडे का बहुत बड़ा फैन हूं ।

[कहते हैं ना साथ मिलकर रहे तो कोई हिन्दू नहीं कोई मुस्लिम नही । सब लोग एकता में रहे]

(आखिर वह दिन आ ही गया । इंदिरा गांधी ने विवेक कुमार और कर्नल भार्गव , वीर अर्जुन , मेजर गमित सिंह , मेजर ध्यानचंद , सचिन वर्मा को पद्म श्री से सम्मानित किया । सम्मानित होने के बाद वापस कच्छ बोर्डर पर लौट गए क्योंकि वहां पर उन लोगों कि पोसटींग थी ।)

मेजर गमित सिंह : अर्जुन तुम्हें सबसे अच्छा क्या लगा ।

वीर अर्जुन : मुझे सबसे अच्छा ये स्टोरी लगा । जिस में हमने सैनिक का रोल किया । मैं धन्यवाद करना चाहूंगा लेखक विवेक कुमार पांडे जी का । पता नहीं कैसे इतना जबरदस्त स्टोरी लिख देते हैं । फिर मिलेंगे नयी कहानी के साथ अभी के लिए बाय बाय ।

जय हिन्द जय भारत ...

******** ।।। समाप्त ।।। *********

उम्मीद है आप सभी को ये कहानी बहुत ही अच्छा लगा होगा । इसका सारा श्रेय जाता है मेरे पिता जी को । आज अगर वो रहते तो उन्हें बहुत ख़ुशी होती । वो हमेशा से मेरे साथ रहेंगे । लव यू पापा । मैं विवेक कुमार पांडे आप सभी को खुब खुब अभिनंदन करता हूं धन्यवाद । फिर मिलेंगे नयी कहानी के साथ .। आप मेरा और अपनों का साथ बनाएं रखियेगा ।

***** // * धन्यवाद * // *****

धन्यवाद

आप सभी मुझ पर अपना प्यार बरसाते रहिएगा और मैं आपके लिए हमेशा नयीं नयी कहानीयां लेकर आऊंगा। हमेशा खुश रहे और खुश रखे । खास अपने माता-पिता का ध्यान रखें । याद रखना एक बार खोई हुई चीज दुबारा नहीं मिलेगा उसी तरह मां - बाप को खोदोगे फिर कितना भी रो लो वो फिर दुबारा नहीं आएंगे । कद्र करना सिखों । मैं कहता हूं कि सबसे किमती चीज है ना इस दुनिया में तो वो मां-बाप है ।

~ धन्यवाद

विवेक कुमार पांडे शंभुनाथ

Printed by Libri Plureos GmbH in Hamburg,
Germany

9 798886 672824